Aus Freude am Lesen

btb

Buch
Die Mörder sind unter uns. Davon ist Jon, der Außenseiter und Sonderling, den niemand für voll nimmt, überzeugt. Doch Jon ist nicht dumm, auch wenn alle ihn dafür halten. Er schmiedet seine eigenen Pläne, um in dem Treibhausklima der kleinen, isolierten Kleinbürgergemeinde, in der er gemeinsam mit seiner Schwester Elisabeth, einer Lehrerin, zu Hause ist, zu überleben. Elisabeth pflegt ein kompliziertes Verhältnis zu einem verheirateten Kollegen und möchte am liebsten aufs Festland abwandern. Jon haßt sowohl den Liebhaber als auch die Umzugspläne – und tut alles, um Sand ins Getriebe zu streuen. In einer anderen Angelegenheit scheint sich seine Beharrlichkeit zunächst nicht auszuzahlen: Jon ist davon überzeugt, daß seine Jugendliebe Lisa nicht einfach nur verschwunden ist und sich im fernen Kopenhagen herumtreibt, wie alle behaupten, sondern daß sie ermordet im Fjord liegt und daß daran ihr Vater, ein reicher Sägewerksbesitzer, nicht ganz unschuldig ist. Doch erst als er seinen eigenen Selbstmord vortäuscht, wird gesucht – und tatsächlich stößt man auf eine Leiche. Es ist Lisa...

Autor
Roy Jacobsen, geboren 1955, ist einer der erfolgreichsten und einflußreichsten Autoren Norwegens. Seine Romane sind in zahlreiche Sprachen übersetzt, seine journalistischen Arbeiten haben ihn zu einer der zentralen Gestalten des kulturellen Lebens Norwegens gemacht.

Roy Jacobsen

Schweigen am See
Roman

*Aus dem Norwegischen
von Gabriele Haefs*

btb

Die Originalausgabe erschien 1987
unter dem Titel »Det nye vannet«
bei J. W. Cappelens Forlag A.S, Oslo

Umwelthinweis:
Alle bedruckten Materialien dieses Taschenbuches
sind chlorfrei und umweltschonend.

btb Taschenbücher erscheinen im Goldmann Verlag,
einem Unternehmen der Verlagsgruppe Bertelsmann.

1. Auflage
Deutsche Erstveröffentlichung Februar 1998
Copyright © der Originalausgabe 1987
by J. W. Cappelens Forlag A.S, Oslo
Copyright © der deutschsprachigen Ausgabe 1998
by Wilhelm Goldmann Verlag GmbH, München
Umschlaggestaltung: Design Team München
Umschlagfoto: Tony Stone Bilderwelten
Satz: IBV Satz- und Datentechnik GmbH, Berlin
Lektorat: Regina Kammerer
Herstellung: Augustin Wiesbeck
Made in Germany
ISBN 3-442-72213-6

1

Jon wurde davon geweckt, daß das Gewehr aus seinen Händen rutschte und zu Boden fiel. Er war angezogen eingeschlafen, im Sessel. Ein neuer grauer Tag zog hinter den Vorhängen herauf. Es war vier Uhr.

Steif erhob er sich und hielt nach Elisabeth Ausschau. Aber das Essen stand unberührt auf dem Tisch, und ihr Bett war leer. Er schaltete die Wohnzimmerlampen und die Videokamera ein.

»Ich warte schon seit über sechs Stunden«, sagte er mit Schmollmiene. »Du wolltest um zehn Uhr zurück sein. Und jetzt ist es...«

Er dachte nach. Und gähnte. Die Reste eines blassen Traums glitten an seinem inneren Auge vorbei. »Ich gehe auf Jagd«, sagte er und hielt das neue Gewehr vor die Linse: »Hier siehst du. Sechs Schuß. Zielfernrohr, Nußbaumholz-finnisch. Du möchtest wohl wissen, was das gekostet hat, was? Haha. Aber das ist mein Geheimnis.«

Als seine Mutter noch lebte, hatte er ihr alles Neue gezeigt, Gekauftes wie Selbstgemachtes. Jetzt zeigte er es seiner Schwester Elisabeth. Sie lebten allein in dem Haus, das sein Großvater gebaut hatte, je nachdem, wie die Fischfanggeschäfte gingen, hier ein Brett, dort ein Brett, ganz fertig wurde es nie. Jon wohnte schon sein ganzes Leben lang hier. Er legte an, stellte das Zielfernrohr ein und zog ab.

Dann ging er in die Küche, schrieb einen Zettel, legte ihn auf den Tisch, zog seine Jacke an und ging.

Es war Herbst geworden. Ein dünner Nebel hing über dem weiten Moorgelände. Ein Schauder lief über seinen schlaftrunkenen Körper.

Er ging südwärts, über einen Schafspfad, das Meer lag im Westen, die blauschwarzen Berge zeichneten sich wie ein Schatten vor dem Osthimmel ab. Eine halbe Stunde später stand er am Nordende des Tümpels. Er watete durch einen kleinen Bach und legte die letzten Meter auf allen vieren zurück. Von einer kleinen Anhöhe aus sah er die Schilfkante auf der anderen Seite, das Ufer vor ihm, und die erst kürzlich urbar gemachten saftiggrünen Grasflächen. Er kroch zu einer neuen Anhöhe weiter und drückte sich unter ein Gestrüpp.

Zehn Minuten vergingen. Dann kam die Gänseschar. Durch den Nebel, auf rauschenden Schwingen, wie immer. Die Vögel beschrieben am Himmel einen weiten Bogen, erst nach Süden, dann nach Westen, übers Meer, bis über den Rand seines Blickfeldes hinaus, dann zurück – ihre Schreie flogen vor ihnen her –, dann landeten sie auf einer der Wiesen am anderen Ufer. Mehr als zwanzig Tiere, perfekte Schußweite – knapp unter zweihundert Metern.

Er suchte sich die größte aus, den Ausguck, sah sie sich genau an, ließ das Fadenkreuz über die unbewegliche Brust wandern, über den gewölbten Hals, ließ es in den starrenden schwarzen Augen ruhen, einige wenige Sekunden, dann ließ er es wieder zum Bauch hinabwandern, hinauf zum Auge, auf und ab in langsamen, zögernden S-Formen. Der Ausguck steht in der Regel still, oft wie im Scherenschnitt, er ist ein schönes Ziel, aber er ist immer alt und zäh und fast nicht mehr genießbar, dachte er. Er ließ das Kreuz zum nächsten grasenden Jungtier weiterwandern, fand die gesprenkelte Brust und drückte ohne zu zögern ab. Ein Flügel jagte nach oben, zitternd und weiß im grauen Licht, der Schuß rollte über die Moore, und die Gänseschar flog auf und verschwand zusammen mit dem Echo.

Jon war es heiß. Er ging um den Tümpel herum und betrachtete den toten Vogel. Der hatte einen fast unsichtbaren Tupfer im Federkleid, dort, wo die Kugel eingeschlagen war, ihr Austrittspunkt war ein roter Pilz, fast schon zu groß, aber doch kleiner als die Krater, die sein altes Gewehr hinterlassen hatte. Jon öffnete die Flügel der Gans und überlegte sich, daß Elisabeth nie erfahren würde, wie tüchtig er war. Er hatte es ihr immer wieder gesagt, aber wer kann schon von der köstlichen Präzision zwischen Finger und Abzughahn berichten, von der gutgeschmierten Maschinerie, die die Sekunden zum richtigen Augenblick eintickt, den Anschlag, die Stille, das darauffolgende Krachen, das sich in alle Richtungen verbreitet? Nein. Außerdem war Elisabeth ein ganz und gar phantasieloser Mensch. Sie war *Lehrerin*, an der Grundschule im Dorf, sie korrigierte Aufsätze und schrieb Zeitungsartikel, machte ihn durch ihre langen, komplizierten Liebesgeschichten einsam, mit ihren unzähligen Freunden, die sie zu Besprechungen und Komitees mitschleppten; nur ein paar schnöde Nachmittagsstunden konnte sie für ihn erübrigen, und oft nicht einmal die.

Er wiederholte alles auf einer Wiese weiter im Süden. Neue Flügel, neues Echo. Sein Bauch war naß, verschwitzt. Das grasende Geschnatter füllte seine Ohren. Er erlegte den dritten Vogel am Rande eines ausgedehnten Weidendickichts, der vierte saß direkt vor ihm in einem Bachlauf.

Und dann war es plötzlich Tag, und alles war still. Das Licht hing schwer über den Mooren, die scheuen Vögel waren verschwunden, vermutlich zu einer der kleineren Inseln.

Auf dem Heimweg drehte er eine Runde ums Langevann. Und während er an den steilen Berghängen im Süden und Osten herumkletterte, behielt er die beiden Taucher im Auge, die an der neuen Wasserleitung der Gemeinde arbeiteten. Die Talsperre lag einige hundert Meter weiter oben in den Bergen, und die Leitung zog sich durch die Scharte. Sie sollte durch das Wasser und die Moore das Gemeindezentrum im Norden erreichen.

Die beiden Männer standen in einem Boot, in Ufernähe auf der anderen Seite. Sie bückten sich in schreiendorangefarbenen Taucheranzügen über die Reling und zogen an einem Tau. Etwas weiter im Norden, wo der Hang langsam abflachte, standen die Ruinen des alten Hofs. Jon ging hin und legte sich auf die verrotteten Balken unter den Bodenbrettern, um die Männer beobachten zu können.

Mit angelegter Waffe und gestützt auf eine der morschen Latten, kam er nah an sie heran. Die Taucher unterhielten sich laut miteinander, und ihre Stimmen trugen weit in der Stille. Das Tau ragte wie eine Schlange aus der perlgrauen Wasseroberfläche – vermutlich lösten sie gerade die Vertäuungen der alten Rohrleitung.

Dann glitt ein Schatten unter den Steven, und sie zogen nicht mehr. Sie unterhielten sich auch nicht mehr. Einer fiel mit einem Aufschrei im Boot nach hinten, der andere wandte sich ab.

Jon erhob sich schußbereit, preßte sein Auge ans Okular und sah, daß der Schatten im Wasser Ähnlichkeit mit einem Menschen hatte. In seinem Kopf war minutenlang alles still. Er sank zwischen den Balken in sich zusammen, unten im Gestrüpp, das wild zwischen den moosüberwucherten Mauern wuchs. Er konnte die Tropfen von den Felsblöcken fallen hören, er hörte das leise Rauschen der Birken; er konnte den gewaltigen Himmel sehen, die Möwen in der Ferne, über dem Meer, die Berge – und doch hatte er das Gefühl, nicht da zu sein.

Und dann stand er wieder. Wie die Taucher. Sie standen im Boot und redeten leise miteinander. In der Tiefe unter ihnen sah er noch immer etwas, das Ähnlichkeit hatte mit weißer Haut, einen Arm mit deutlichen Fingern, und eine dunkle, wogende Bewegung, sicher von Haaren.

Er lachte kurz, schüttelte den Kopf und kniff die Augen zusammen. Der Anblick blieb derselbe.

Als sie lange genug diskutiert hatten, fing der eine Taucher vorsichtig an zu ziehen, der andere bugsierte einen Sandsack auf die Reling – ein Gewicht, um die Wasserrohre unten zu halten. Sie ruderten im Halbkreis um die Gestalt herum, fischten mit einem Bootshaken auf der anderen Seite die Vertäuung aus dem Wasser, schnitten beide Enden durch, verknoteten beides um den Sandsack und ließen es in die Tiefe sinken – er sah alles, jede einzelne kleine Bewegung. Und der Schatten verschwand.

Es folgten einige Minuten unbeweglicher Stille. Die Taucher saßen auf den Ruderbänken und rauchten. Dann ruderten sie weiter, als sei nichts geschehen.

Jon robbte durch Pfützen und nasses Gras, zur Rückseite der Ruine. Er kroch durchs Geröll hinauf zum Birkenwald und war nicht mehr zu sehen. Er rannte nach Hause.

Im Korb auf dem Küchentisch lag seine Nachricht, unberührt. Seine Spucke schmeckte nach Salz und Eisen, seine Kleider stanken nach Moorwasser und Schweiß. Solange er rannte, hatte er etwas zu tun. Jetzt stand er still und kämpfte mit seiner heftigen Erregung.

»Jetzt bist du auch nicht hier«, sagte er anklagend in die Videokamera. »Was bist du überhaupt für eine Schwester, immer unterwegs und dauernd beschäftigt?«

Er ließ Gänse und Gewehr auf den Boden fallen und lief vor der toten Linse im Kreis herum. Er weinte vor Verwirrung und kam sich bedroht vor – jemand hatte es auf ihn abgesehen.

Das machte er eine halbe Stunde lang. Dann brach er im Sessel zusammen und schlief ein, erwachte wenige Sekunden später und fing an, sich auszuziehen.

Er sah sich im Spiegel, sah draußen den neuen Tag, vielleicht einen der klarsten in diesem Herbst, sah die Gänse und das geronnene Blut auf dem Resopaltisch, das neue Gewehr, die Videokamera, sein Zuhause – mit oder ohne Elisabeth – doch, es war da. Wie es das immer gewesen war, alles. Er konnte schlafen.

Und als sich etwas später an diesem Morgen die Haustür öffnete, war er schon nicht mehr da. Ihre Schritte auf dem Flur, die vertrauten Geräusche, während sie sich auszog, nachsah, ob das Feuer im Ofen noch brannte, die Pantoffeln unter der Bank vorzog, das Geräusch von tuschelndem Filz auf den abgenutzten Treppenstufen, schließlich das leise Klicken der Tür – das alles hörte er nicht.

2

Als er erwachte, saß sie auf der Bettkante. Die Sonne schien schräg durch das Südfenster, es mußte also später Nachmittag sein.

»Ich konnte dich nicht länger schlafen lassen«, sagte sie mütterlich. »Was machst du übrigens in meinem Bett?«

Er blickte sich um, zuerst im Zimmer, dann sah er sie an, musterte sie, vielleicht hatte sie sich ja wieder verändert; das machte sie nämlich immer, ja, seit ihrer Geburt hatte sie sich in der Gießkelle befunden, war hin und her geirrt, ihren Launen gefolgt. Jetzt war sie über dreißig und fast außer Reichweite, fand er, er, der sein Leben lang derselbe gewesen war, der dieselben Dinge geliebt hatte und die ganze Zeit dem Schönen treu geblieben war.

»Ich habe dich rufen hören«, sagte sie. »Hattest du einen Alptraum?«

»Ja...« Er konnte sich nicht mehr an viel erinnern.

Ihr Mund war geschwollen, ihre Wangen rot, ihre Augen glänzten, wie immer nach einer Nacht mit Hans. Er sah ihre langen Haare, die gekämmt und geflochten und dann in einem Knoten unter einer Mütze oder einem Tuch versteckt wurden – ihre Haare waren immer lang gewesen. Jetzt waren sie zerzaust und fielen in dichten Wellen über ihre runden Schultern. Er fand, sie sähen im Sonnenschein aus wie ein Heiligenschein, und Elisabeth wie ein Engel – warum wollte sie um jeden Preis von dieser Insel weggehen? Warum konnte sie hier nicht zur Ruhe kommen, wie ihre Eltern, die Großeltern und Jon?

»Jetzt, wo das Dorf Wasser bekommt, brauchen wir doch nicht mehr umzuziehen«, sagte er.

»Vom Wasser können wir doch nicht leben«, lachte sie.

Er erinnerte sich an die wüste Debatte über das Wasser, die in den letzten Jahren in der Zeitung getobt hatte, sie selber hatte sich dabei zu Wort gemeldet, sie und Hans und andere aus dem Lehrerkollegium.

»Ich glaube nicht, daß du das so wörtlich nehmen solltest«, sagte sie. »Und weißt du nicht mehr, wie kalt es letzten Winter war? Die ganze Zeit eiskalt, egal, wie sehr wir geheizt haben? Das Haus ist zu alt, zu schlecht isoliert.«

Er wollte einen alten Streit über die Renovierung zu neuem Leben erwecken, aber sie fiel ihm schroff ins Wort und sagte, das würde ein Vermögen kosten. Außerdem würde hier bald kein Mensch mehr sein. Damit spielte sie auf ihre Freunde und Freundinnen an, Leute aus dem Lehrerkollegium und der Verwaltung, die jetzt ihre Jobs aufgaben und ihre von der Bausparkasse ermöglichten Häuser verließen.

»Wir *wohnen* hier«, sagte er.

»Keine Angst. Es dauert noch über drei Monate, und bis dahin hast du es dir mit Sicherheit anders überlegt. Es wird dir in der Stadt gefallen, das garantiere ich dir. Da wirst du es viel besser haben als hier.«

Davon glaubte er kein Wort. Er war in der Stadt gewesen – und hatte es entsetzlich gefunden.

»Ich meine das wirklich. Das sind übrigens sehr schöne Gänse. Hast du sie beim Tümpel erwischt? Als Kinder sind wir da Schlittschuh gelaufen – weißt du noch?«

»Ich ziehe nicht um.«

»Natürlich ziehst du um. Steh jetzt auf, das Essen ist fertig.«

»Hast du dir die Videokassette angesehen?«

»Nein, ist da was für mich drauf?«

Er ging nach unten, zog die Kassette aus der Kamera und schob sie zwischen die anderen ins Regal. Dort standen ungefähr zwei Jahre seines Lebens, zumeist einsame Mitteilungen an Elisabeth, sanfte Vorwürfe und grobe Beschimpfungen. Sie sah sie sich nie an.

Er suchte sich Kleider heraus, zog sich an und ging in die Küche.

»Was für prachtvolle Vögel«, sagte sie und berührte schaudernd einen Flügel. »Aber sollen wir sie nicht in den Schuppen hängen?«

Es waren die *kleinen* Veränderungen, die er am meisten verabscheute, die langsame, schleichende Abnutzung – die Erosion, wie es in seinen illustrierten Naturbüchern hieß –, die erst sichtbar wurde, wenn es zu spät war, um noch etwas dagegen zu unternehmen. Diese Umzugspläne zum Beispiel. Ein harmloser Urlaub im Süden des Landes reichte aus, um sie von einer neuen Welt und einem besseren Klima phantasieren zu lassen; hier sei es so kalt, es sei das halbe Jahr über dunkel und regne am laufenden Band; außerdem, sagte sie, und ihr Tonfall wurde politisch, sei die Lebensgrundlage am Verschwinden, es sei nicht mehr so wie in ihrer Kindheit, mit Fischerei und Jagd und Landwirtschaft und pulsierendem Leben; es stehe still, die Gemeindekasse sei leer. Nicht einmal das neue Wasser habe den Optimismus noch einmal entfachen können.

Er hängte die Vögel in den Schuppen, setzte sich an den Tisch und betrachtete sie, während sie über die Liebe und die Männer schwatzte. Die weiße Haut um ihre Augen zeigte jetzt feine Linien. Auch das eine Form von Erosion. Die Nächte mit Hans waren wohl nicht nur reine Freude. Zwischen ihren Ringkämpfen fanden vermutlich auch heiße Debatten über die Scheidung statt, über seine besitzgierige Frau, die allein nicht überleben würde, über die Kinder, von denen es inzwischen nicht weniger als vier gab. Auch der Rest der Welt fiel nicht ganz nach ihren Wünschen aus. Er widersetzte sich so gut wie all ihren Verbesserungsversuchen. Die Leute hatten keine Ahnung oder wurden betrogen – sie kapierten einfach nicht, was gut für sie war. Und dann bin ich auch noch da, fügte er aus alter Gewohnheit hinzu, als er schon mal dabei war. Mich hat sie auch noch am Hals.

»Ich brauche einen Mann«, sagte sie. »Das muß ich einfach zugeben. Sonst werde ich sauer und übellaunig, und das gefällt mir nicht – gefalle ich dir, wenn ich sauer und übellaunig bin, Jon?«

Nein, sie gefiel ihm nicht, wenn sie sauer und übellaunig war. Und auch das Thema gefiel ihm nicht.

»Ich will Kaffee«, sagte er und schob ihren Teller zurück, in der Gewißheit, daß sie nach einer solchen Nacht alles für ihn tun würde.

Sonst konnte sie schwieriger sein und zu einer langen Tirade ansetzen, darüber, wer im Haushalt was zu erledigen hatte – Jon mochte nämlich nur das tun, was er tun mochte, während es ihr mehr darum ging, was er tun *sollte;* unter anderem sollte er sich seinen Kaffee selber kochen, vor allem, weil sie gar keinen trank, sondern gesund von Kräutertee und heißer Milch lebte. Aber Jon konnte keinen Kaffee kochen – wenn sie nicht im Haus war, stellte er den Boiler auf III und machte sich Pulverkaffee –, und er wollte es auch nicht lernen; sie sollte es für ihn machen, so, wie die Mutter es gemacht hatte.

Elisabeth kochte Kaffee.

Aber er hatte eine pochende Wunde am Knie, und er war nach der langen Lauferei steif am ganzen Körper. Er hatte das Gefühl gehabt, daß ihm jemand über ein Feld hinweg etwas zurief – eine unbehagliche, aber wichtige Nachricht, die er einfach nicht verstehen konnte; und während Elisabeth Kuchenstücke abschnitt und Tassen auf den Tisch stellte, ging er nach oben und setzte sich für eine Weile in das alte Zimmer der Mutter, wo noch alles so aussah wie bei ihrem Tod. Die Erinnerungen brachten ihm jedoch weder Ruhe noch eine Antwort, sie waren alt und gehörten in eine andere Welt.

»Ich glaube, ich nehme doch den Job bei den Tauchern an«, sagte er ungeduldig, als er wieder nach unten kam. Die alten Rohre, die aus dem Langevann herausgeholt wurden, sollten zerteilt und vom Straßenbau für Stichleitungen genutzt werden. Der Gemeindeingenieur versuchte schon seit längerem, einen Mann für diese Arbeit zu finden, und Elisabeth hatte auf Jon eingeredet, er solle sich melden, wo er doch sonst schon nichts mache.

»Ist das dein Ernst?«

»Ja, ja.« Sicher war es sein Ernst.

»Wie schön. Sagst du Rimstad Bescheid, oder soll ich das übernehmen?«

»Das mach ich selber.«

Sie sah ihn an. »Hast du Angst?«

Das war eine unwichtige Frage. Jon hatte Angst vor allem Neuen.

»Ja, ein bißchen.«

»Davor brauchst du doch keine Angst zu haben.«

»Nein.«
»Dann kommst du ein bißchen unter die Leute.«
»Mm.«
Er konnte es nicht ausstehen, unter den Leuten zu sein. Er hatte drei Freunde, und das war schon anstrengend genug. Neben Elisabeth waren das der Bauer Karl vom Nachbarhof, wo er während Elisabeths Studium gewohnt hatte. Und Nils, ein alter Mann, der mit seiner dritten Frau – der kleinen Marta – auf dem nächstgelegenen Hof in nördlicher Richtung wohnte. Nils war ein Jugendfreund des Großvaters, ein Jugendfreund und Arbeitskollege. Sie waren gemeinsam auf Fischfang gegangen, jahrelang. In seiner Kindheit war Jon jeden Tag zu ihm gelaufen, um seine unglaublichen Geschichten zu hören, aber in letzter Zeit hatte die Senilität sich dermaßen am Gehirn des Alten zu schaffen gemacht, daß nur noch unzusammenhängende Reste seiner Kindheit und die festesten Gewohnheiten übrig waren; wenn man ihm ein Werkzeug in die Hände drückte, konnte er sich mit Mühe und Not noch ein wenig nützlich machen, konnte zum Beispiel ein Boot teeren oder ein Netz flicken.

Jon eiste ihn oft vom Küchentisch los und bugsierte ihn zum Strand, wo sie dann auf einem Stein saßen und sich den Wind und bei rauhem Wetter vielleicht auch die Gischt um die Nase ziehen ließen. Der Weg war steil und steinig, und sie mußten einen Knüppeldamm überqueren. Aber der Alte kannte sich aus, und mit Jons steuerndem Zeigefinger zwischen den Rippen kam er immer heil an. Einmal angekommen, wurde ihm die Mütze vom Kopf gerissen und unter seinen mageren Hintern geschoben, ehe er sich auf den Stein sinken ließ. Der Wind zupfte an den ausgedörrten Halmen auf seinem Schädel, und ein glückliches Lächeln glitt über sein totes Gesicht.

»Eine Möwe«, konnte er verwundert sagen, als habe sich dieses fliegende Geschöpf erst hier und jetzt, an diesem Tag auf Gottes schöner Erde gezeigt.

»Das ist keine Möwe«, sagte dann Jon. »Das ist ein Austernfischer.«

»Austernfischer«, sagte das Echo.

Warum machte er das eigentlich, lange, nachdem Geschichten und Kumpanei ein Ende genommen hatten? Aus Gewohnheit. Weil es seinem guten Ruf im Dorf nutzte – er war ein netter Kerl, und außerdem konnte auch *er* ab und zu das Vergnügen genießen, einen Idioten zwischen den Händen zu haben. Aber er hatte noch einen anderen Grund:

Das Leben ist seltsam, konnte er dann denken. Nach achtzig Jahren auf diesem Planeten ist nichts mehr übrig, ein nacktes Gehirn in einer unnützen Hülle.

Und dann war er traurig und aufgekratzt zugleich – er konnte in einem kurzen Moment der Erkenntnis das Rätsel des Lebens überblicken, konnte auf die andere Seite sehen – sah, daß es dort nichts gab und daß auf dem Weg dorthin nichts von Bestand war.

Ja, man konnte genausogut auch eine Möwe sein. Sie erwacht, schlägt mit den Flügeln, legt ein Ei und stirbt. Das ist alles. Jon konnte in Gedanken die anspruchsvollsten Gespräche führen.

»Was soll aus dir werden, Jon?« konnte die Welt fragen.

»Werden?« erwiderte er darauf verächtlich. »Man braucht nichts zu werden. Wir enden doch alle hier – als Stein im Meer.«

»Fährst du im Winter mit zum Fischen, Jon?«

»Warum denn? Schaut euch den da an, der hat sein Leben lang gefischt, und seht, wo er jetzt ist.«

»Dann laß dich endlich behandeln, Mann!«

(Das war Elisabeths Stimme, unverkennbar, sie mischte sich überall ein.)

»Nein!«

Nils hatte die schönsten Geschichten erzählen können, hatte das fleißigste und normalste Leben gelebt, und doch war alles im Wirrwarr geendet.

Also gaben Jons Wanderungen mit dem Alten zum Meer ihm gewissermaßen das Recht, so zu leben, wie er wollte. Sie schenkten seinen Gedanken Ruhe, er vergaß die Ermahnungen, seine Skrupel schliefen.

Jetzt sah es anders aus.

»Mir ist so komisch«, sagte er. Seine Hände zitterten, und der Kaffee schmeckte nicht.

»Weil du deine Medizin nicht nimmst.«

In Elisabeths Welt gab es ein Heilmittel für jedes Unglück und für jedes Leid. Wenn man trotzdem litt, dann lag das daran, daß man nicht genügend Heilmittel genommen hatte oder daß man damit nicht umgehen konnte – und dann fehlte es eben an Aufklärung.

»Daran liegt es nicht«, sagte er mürrisch.

Er hatte das neue Gewehr in der Hand, putzte unsichtbare Rostflecken vom Lauf, zielte auf einen Lampenschirm und versuchte, die kompakte Schwere dieses perfekten Stückes Handwerk zu genießen.

»Woran liegt es dann?« fragte sie. »Hat es etwas mit mir zu tun?«

»Nein.«

»Du findest nicht, daß ich mich nicht genug um dich kümmere?«

»Doch.«

»Liegt es also daran?«

»Nein. Warum kommt er nie her?«

»Hans? Es gefällt ihm nicht, daß du mit all diesen vielen Waffen herumläufst. Er hat Angst vor dir. Soll ich ihn vielleicht einladen?«

»Nein, nein.«

Das war die Stimme, die ihm über das Feld hinweg etwas zurief – unheilverkündend. Er begriff plötzlich, daß alles zerstört werden und verschwinden könnte, Elisabeth, das Haus, die ganze Insel. Das war die Vorwarnung.

»Ich geh jetzt Bescheid sagen«, sagte er und schnappte sich gleichzeitig den Einkaufszettel, den sie geschrieben hatte, in der Hoffnung, daß der Anblick der Insel und des Alltagslebens die übliche beruhigende Wirkung auf ihn ausüben würde.

Er schaute bei Karl vorbei, und der zog ihn in den Stall, um ihm eine aufblasbare Nutte zu zeigen, die er dort aufbewahrte, damit seine Frau es nicht mitbekam. Sie war einen Tag zuvor mit der Post gekommen, und wenn Jon das Maul hielt, dann würde er sie auch ausprobieren dürfen. Er schaute im Laden vorbei, kaufte ein und wechselte mit dem Kaufmann ein paar Worte wegen einer alten Rechnung für einige Tautrommeln, dann ging er zu den Lagerhäusern im Hafen, wo eine der Fähren gerade repariert wurde, er ging ins Postamt, um Briefmarken zu kaufen und das Bestellformular für ein Paar Jagdstiefel abzuschicken, die er in einer Zeitschrift gesehen hatte.

Das meiste war so wie immer. Petter von Nordøya saß vor der Tankstelle auf der Sandkiste und schrieb dieselben Autonummern auf wie am Vortag. Der kleine Rune, der zu brutal war, um in den Kindergarten zu gehen, und zu dumm für die Schule, spielte wie meistens mit seinem roten Eimer im Straßengraben. Alle grüßten ihn und redeten kurz mit ihm – nur Gerda mit dem Moped nicht, sie bedachte ihn mit demselben listigen, verleumderischen giftigen Blick wie immer...

Vielleicht steckte irgendwo bereits unbemerkt eine Lunte in Brand, aber es war keine Dünung zu sehen, geschweige denn irgendeine Erosion. Der Bus mit seinen Milchkartons, Fahrgästen und Postsäcken traf pünktlich ein; der Silohaufen auf Karls Feld war genau eine Traktorschaufel niedriger als am Vortag; es roch nach Dünger und Tran, der Wind wehte den Menschen ins Gesicht, und es war ein Leben ohne Erdbeben, einfach ein Leben, ein langer dünner Faden durch eine Stickerei aus Gewohnheit und Langeweile, und so wollte er es, und so war es immer gewesen.

Und dann machte er sich auf zum Amt für Technik, um bei Gemeindeingenieur Rimstad im Bürgermeisteramt vorstellig zu werden. Rimstad wollte wissen, warum Jon sich die Sache anders überlegt hatte, aber Jon wußte es nicht; er fühlte sich nur zum Wasser hingezogen. Doch, die Stelle war noch frei – wer wollte schon für ein paar elende Kronen die Stunde draußen im Moor Plastikrohre zersägen, haha...

Auf dem Heimweg fing es an zu regnen – von Westen her. Der Wind fraß sich übers Meer und tauchte die Insel in plötzliche Dunkelheit. Jon stellte die Lebensmittel in den Schuppen und rannte zum Strand, um das Boot an Land zu ziehen. Der Sturm war nun schon so heftig geworden, daß er es kaum noch schaffte. Er klemmte zwei Böcke unters Dollbord, vertäute das Boot, so gut es ging, und raffte im Schutz des Bootshauses Treibholz zusammen. Hier hatte er zahllose Stunden seines Lebens verbracht, um zu denken, traurig zu sein oder die Elemente zu genießen.

Das Meer warf seine grünen Brecher an den Strand, wie

es das immer gemacht hatte. Die Eiderenten drängten sich in den Spalten auf der Schäre aneinander. Der Rauch trieb in dichten Wolken über den Sund. Und doch hielt das unheimliche Gefühl an, vielleicht war es undeutlicher, betäubt und verwaschener, aber das Unheimliche blieb, während des ganzen Unwetters.

3

Jon hatte lange wartend in der Dunkelheit zwischen den Bäumen gestanden. Aus den offenen Fenstern des Bürgerhauses ergoß sich der Lärm des Festes über den Parkplatz, über Autos, Motorräder und ausgelassene Jugendliche. Auch heute hatte er zu lange gewartet – bis sein Mut ihn verlassen hatte. Er trug seine gute Jacke und die beste Hose, verdreckte Stiefel zwar, aber die anderen konnten ja sowieso nicht mehr klar sehen.

Und dann entdeckte er Karl, der allein in der einen Ecke stand und ihn direkt anschaute. Sie sahen einander an, aber der Bauer war nicht in der richtigen Verfassung, um ein Wort mit ihm zu wechseln. Seine roten Augen lagen tief in feuchten Höhlen, etwas Nasses war beständig dabei, durch seine Speiseröhre nach oben und unten zu gleiten. Jon erledigte für Karl die meiste Ernte- und Schlachterarbeit, er suchte jeden Herbst im Gebirge die Schafe zusammen, und auch die meisten Grabenkilometer, die Karl im Moorgelände besaß, gingen auf Jons Konto.

Karl spannte seine Halsmuskeln, warf den Kopf in den Nacken und riß eine Flasche aus der Jackentasche. Sie hatte keinen Korken mehr und war fast leer.

Jon trank und schritt weiter auf den Eingang zu.

In der Tür hielten zwei Jungen ihn auf. Sie sprachen ihn

an, aber er ging wortlos weiter. Im Tanzsaal kaufte er sich eine Tasse Kaffee, konnte es sich gerade noch verkneifen, die Tresenfrau mit einem flotten Spruch zu bedenken, und stellte sich dann an eine Säule. Bisher noch keine Niederlage zu verbuchen.

Die Jungen von der Tür standen nun wieder neben ihm. Sie betrieben im Norden der Insel eine Lachsfarm. Sie hatten sich schon als kleine Kinder gekannt, sie sagten immer dasselbe, und ihr Lächeln hatte seine Katastrophen begleitet, so weit er sich zurückerinnern konnte.

»Hallo, Jon«, sagten sie und bewegten ihre breiten Schultern. Sie hatten riesige Motorräder, Lederjacken und Halstücher, sie hatten so viele Freundinnen, daß sie sie vor drei Uhr morgens keines Blickes würdigten. Und ihre Lachsfarm war die fetteste goldene Gans, die auf dieser Insel jemals irgendwer angelegt hatte. Er konnte sie nicht ausstehen.

»Hallo«, antwortete er kurz und blickte in eine andere Richtung, hinüber zur Tanzfläche und zur Kapelle, vier junge Leute vom Festland tanzten gerade. Ein Mann trat auf eine Bierflasche und ging krachend zu Boden. Er riß zwei Stühle und ein Mädel mit, das schrie und kriechend seinen grabschenden Fingern entkam. Jon lachte laut.

»Bist du zu Hause durchgebrannt?« fragte der eine Junge.

»Ja«, sagte Jon.

»Was machst du denn hier?«

»Weiß nicht.«

»Nein, du bist ja nicht gerade ein Ballkönig.«

Sie lachten und unterhielten sich über Elisabeths Titten, aber Jon hörte nicht zu. Er sagte nie viel, wenn er mit diesen beiden hier zusammen war. Jetzt überraschte er sie mit einer Frage.

»Wer sind die beiden an dem Tisch da hinten, zusammen mit Kari und Gerd?«

»Was? Das sind die Taucher, die im Langevann arbeiten. Warum fragst du? Wann willst du dir übrigens deine langen Haare abschneiden – die sind wirklich nicht mehr modern.«

Jon hatte immer lange Haare gehabt. Er wollte gern modern sein, aber wenn er dies versuchte, wirkte er noch lächerlicher. Außerdem hatten die alten Stars aus Nashville noch immer ihre langen Haare, und auch die englischen Heavymetalmusiker, Jons Idole.

Er ließ seine Quälgeister stehen, ging zu den Tauchern hinüber und stand stumm neben dem Tisch, bis sie auf ihn aufmerksam wurden. Kari fragte, warum er so glotze.

»Bist du breit?«

Er sah dem einen Taucher voll ins Gesicht.

»Ihr seid nicht von hier«, sagte er.

»Nein«, sagte der Mann und musterte ihn träge, während die Frauen kicherten. »Wir machen hier unseren Job. Aber du, du bist von hier, nicht wahr?«

Doch, sicher, Jon war von hier.

»Das seh ich an deiner Tracht.«

Er griff nach Jons Schnürsenkelschlips und entnahm sicher dem Kichern der Frauen, daß diese unsichere Erscheinung der lokale Dorftrottel war.

Er war ein ziemlich gutaussehender Mann von Mitte Dreißig, kleinwüchsig, mit scharfgeschnittenem dunklem Gesicht, dunklen Locken und lebhaften braunen Augen, denen offenbar so gut wie nichts entging. Dieser Mann hat etwas Finsteres, etwas Rattenhaftes, überlegte Jon, der die Menschen gern in die Schubladen des Tierreiches einsortierte. Elisabeth zum Beispiel war ein Schwan, ein etwas schwerer Schwan.

Er fragte, ob die Arbeit da draußen im Meer nicht ein wenig anstrengend sei.

»Das kannst du laut sagen«, sagte der Taucher laut. »Aber wir sind bald fertig, zum Glück, noch zwei Wochen, und dann...«

Sein Gesichtsausdruck spiegelte das Glück wider, das sie erwartete, wenn sie in zwei Wochen die Insel verlassen könnten.

»Zum Glück?« fragte Gerd schmollend.

»Nein, nein, natürlich würden wir am liebsten für immer hierbleiben, nicht wahr, Pål? – zusammen mit euch.«

Sein Kollege nickte, und Jon fiel auf, daß beide Männer Moor unter den Nägeln und Trauringe an den Fingern hatten. Er sagte, sie teilten die Meinung der meisten anderen Fremden über diese Insel. Sie sei eine Wildnis und ein Vorhof des Todes. Es regne jeden Tag, und man könne nicht von einem Haus zum anderen sehen. Wer hier herkam, wollte Geld verdienen, viel Geld, und die wenigen Zerstreuungsmöglichkeiten ausgiebigst nutzen.

Jon sagte ganz einfach, das Moor berge ein Geheimnis. Und beide Männer hörten auf zu lachen.

»Wie meinst du das?« fragte der kleine Dunkle steif.

»Ach, nur so«, sagte Jon und starrte ebenso steif zurück; er hatte sich für diesen Augenblick gewappnet, und mit Schweigen kannte er sich aus. Der nächste Zug lag bei den Tauchern. Aber nun griff Kari ein, um die drückende Stimmung aufzulockern; sie sagte, Jon rede immer so daher. Das habe nichts zu bedeuten.

»Stimmt doch, Jon, oder? Nun setz dich halt her, dann kriegst du einen Schnaps.«

Jon trank seinen Schnaps im Stehen, einen großzügigen Schluck gelben Schwarzgebrannten, kippte sich auch ein wenig in den Kaffee und starrte dabei dem Taucher weiterhin abwartend ins Gesicht. Es gefiel dem Mann ganz offenbar nicht, daß er saß und Jon stand. Er räusperte sich und schob seinen Stuhl einige Zentimeter nach hinten.

»Da ist jemand versunken«, war Jons nächster Zug. Ein kleiner Satz, wiederum ohne Erklärung.

»Was meinst du mit ›versunken‹?«

»Versunken. Im Moor versunken. Hast du Angst?«

»Angst?«

Der Mann lief rot an. »Wovor sollte ich Angst haben, zum Teufel? Bist du verrückt, Junge?«

»Er redet von einer alten Sage«, erklärte Kari. »Hier draußen leben wir noch immer in der Steinzeit. Die Leute glauben an Märchen. Sie glauben an Gespenster und Omen, an allen möglichen Kram, nur nicht an Gott... auch Jon.«

Der Taucher sah erst sie an, dann Jon. Er trank einen Schluck von seinem Schwarzgebrannten und ließ seinen Blick über die Tanzfläche schweifen. Jon fiel auf, daß der andere Taucher, Pål, die ganze Zeit Gerds Oberschenkel festgehalten, nun aber seine Hände zurückgezogen hatte. Hier stimmte wirklich etwas nicht. Und Gerd lächelte unsicher.

»Ich glaube nicht an Märchen«, sagte Jon und blieb weiter stehen. Stur starrte er sein Gegenüber an. Und nun war der Taucher irritiert.

»Was denn für Märchen?« rief er. »Will dieser Trottel uns hier die ganze Nacht Rätsel aufgeben, oder was?«

»Über die Liebe, natürlich«, kicherte Kari beruhigend. »Über unglückliche Liebe. In der Dorfchronik ist die Rede von einem hübschen jungen Mann, der vor langer Zeit dort draußen gewohnt hat – auf dem Hof beim Langevann. Er verliebte sich in die Pastorentochter, und sie liebte ihn auch. Er gab sich alle Mühe, sie heiraten zu dürfen. Aber der Pastor wollte es nicht erlauben, weil der Mann arm war. Endlich war er bereit, seine Zustimmung zu geben, wenn der junge Mann nur gewisse Bedingungen erfüllen würde...«

»Ja, ja, ja«, sagte der Taucher. »Die ganze Geschichte brauche ich nicht.«

»Es war ein *Mädchen*«, sagte Jon, um das Gespräch in der richtigen Bahn zu halten.

»Himmel«, sagte Gerd. »Es war kein Mädchen, meine Güte. Der Mann ist eingesunken. Er hat es nicht geschafft, die Bedingungen...«

»Ein Mädchen«, sagte Jon.

»Mann!«

Er blickte dem Taucher in die Augen.

»Was meinst du?«

»Ich? Woher soll ich das wissen?«

Kari legte den Kopf in den Nacken und lachte schallend. »Er kann ein Fremdwort«, sagte sie eifrig. »Nicht wahr, Jon?«

Jon hob abwehrend die Arme, aber sie ließ sich nicht unterbrechen.

»Nun sag schon. Wir möchten das gern hören!«

»Valium«, wiederholte er brav den uralten Witz, um weiterzukommen, aber die Taucher nutzten die Gelegenheit und lachten. Plötzlich war ihm die Situation aus den Händen geglitten; sie hatten keine Angst mehr. Pål grabschte wieder in Gerds Schoß herum, die Rattenaugen waren so lebhaft und selbstsicher wie zu Beginn des Gesprächs. Hier feierte man, tanzte man, hatte man Schnaps in weißen Tassen. Jon begriff, daß er seine Chancen verspielt hatte.

Er verließ den Tisch und ließ sich auf einen Stuhl in der Reihe der Mauerblümchen fallen, neben zwei häßliche Freundinnen, die sich alle Mühe gaben, so zu tun, als würde es ihnen gar nichts ausmachen, hier vor aller Augen ihre Einsamkeit zu präsentieren. Er wurde langsam betrunken; hinter gesenkten Augenlidern versuchte er, erneuten Kontakt zu den Tauchern aufzunehmen, aber vergeblich. Jemand goß ihm neuen Schnaps in die Tasse. Nur wenige Minuten später stürzten die Mauern ein.

Als er wieder zu sich kam, befand er sich in der Menschenmenge am Ausgang. Er stand jetzt gerade, zusammen mit den anderen ging er hinaus in den Regen. Das Fest war zu Ende. Auf der Treppe faßte ihn der Taucher mit dem Rattengesicht am Arm.

»Diese Mädels spinnen«, sagte er verlegen. Dann änderte sich sein Tonfall. »Ich muß mit dir sprechen. Hast du Zeit?«

Er ging ein paar Schritte hinaus in die Dunkelheit, steckte sich eine Zigarette zwischen die Lippen und machte sich an den Streichhölzern zu schaffen, die kein Feuer fangen wollten.

»Möchtest du?«

»Nein.«

Er warf die Streichhölzer weg.

»Warum hast du gerade mir diese Geschichte serviert?«

Welche Geschichte, fragte Jon sich träge. Er wußte nur noch, daß er seine Karten ausgespielt hatte und daß sie nicht brauchbar gewesen waren; jetzt war Mitternacht vorbei, in jeder Beziehung. Er wollte gehen, aber der Taucher hielt ihn zurück.

»Jetzt antworte schon!« sagte er gereizt.

»Laß mich los«, sagte Jon.

»Hast du mich verstanden?«

Der Zorn machte die Züge des Rattengesichtes noch markanter, und Jon ging auf, daß der Mann betrunken war. Aber er war hier fremd, er beging eine Dummheit.

»Hast du mich verstanden?« wiederholte er viel zu laut. »Du Trottel!«

Schwere Stille senkte sich über die Menge. Jon brauchte sich nicht mehr loszureißen. Er war hier zu Hause; ein Außenseiter, gut, und vielleicht ein Trottel, aber er war der Dorftrottel und niemandes Trottel sonst. Der eine der Jungen mit der Lachsfarm kam zwischen sie getorkelt und schob sein Gesicht direkt vor den Taucher, um zu fragen, ob er richtig gehört habe.

Der Fremde sah die Menge im Lampenlicht an, sah die gesammelte Jugend der Insel, eine aufgekratzte, angetrunkene Masse, und ihm ging auf, daß er den ganzen Abend über ungeschützt gewesen war.

»Gibt es hier irgendwelche Trottel?« wiederholte der Junge drohend. Und als der Taucher noch immer keine Antwort gab, packte er ihn ruhig an der Jackentasche und zerrte mit seiner ganzen berauschten Kraft daran, bis die Jacke zerriß und er auf dem Kiesweg zu Boden ging.

Die Menge lachte.

Er kam grinsend wieder auf die Beine, hob die Arme und war ganz Herr der Lage. Eine Bierflasche flog durch die Dunkelheit und traf den Taucher unter dem Auge.

Jon rannte in den Birkenwald, um aus der Entfernung den Rest des Auftrittes zu beobachten. Der Junge und sein Kumpel rauften sich abwechselnd mit dem Taucher, halb aus Jux, halb im Ernst, zu den Anfeuerungsrufen der restlichen Bande. Und die Stimmung wurde immer besser. Bis Kari und Gerd aus dem Haus kamen und begriffen, was hier ablief. Sie verstanden diese Sprache. Der Taucher wurde gerettet, und unter spöttischen Kommentaren liefen die beiden Paare davon.

Der Lärm legte sich. Eine Weile wurde beratschlagt, wo das Fest fortgesetzt werden könne. Paare und Einzelpersonen zogen sich in den Schatten zurück und verschwanden, Motorräder brüllten auf, und überfüllte Autos glitten eins nach dem anderen vom Parkplatz. Schließlich erlosch auch das Licht, und die Türen wurden hinter den letzten schwankenden Festbesuchern zugeschlagen.

Normalerweise interessierte Jon sich dafür, wer mit wem nach Hause ging, oder wer gar nicht nach Hause ging, sondern in einem Stall oder einer Scheune verschwand, um dem endlosen Register verborgener Taten auf der Insel neue Geheimnisse hinzuzufügen. In dieser Nacht war es anders. Er stolperte durch den Wald, folgte einem alten Karrenweg zum Strand und wanderte dann am Meer entlang.

Auch in dieser Nacht war er allein, was ihn überraschte, da Hans' Frau samstags normalerweise nicht arbeitete, und Elisabeth gesagt hatte, sie wolle den Abend zu Hause verbringen.

Er schaltete die Videokamera ein und setzte sich in den Sessel.

»Ich habe die Taucher gesehen«, sagte er. »Ich habe auch mit ihnen gesprochen. Die haben Angst.«

Aber er sagte nicht, warum. Statt dessen machte er ihr Vorwürfe, weil sie nicht zu Hause war.

»Du hast es versprochen!« behauptete er.

Nach Jons Tod, der jederzeit eintreffen konnte, würde sein Videoarchiv das ganze schlechte Gewissen bereithalten, vor dem diese selbstsüchtige Schwester sich jahrelang gedrückt hatte.

Je besser er seine Einsamkeit in Worte kleiden konnte, um so mehr drohte das Selbstmitleid, ihn zu ersticken. Er brach in heftiges Schluchzen aus. Sein Spiegelbild in der Kameralinse zeigte ihn mit nassen, am Gesicht klebenden Haaren, er sah mitgenommen und jämmerlich aus, schlimmer als in seinen düstersten Stunden.

»Ich nehme meine Medizin nicht mehr!« rief er. »Und du weißt, wie schlimm das ist. Du hast versprochen, mir zu helfen!«

Er ließ sich mitreißen, bis ihm schmerzlich bewußt wurde, daß er jetzt die Wahrheit sagte – er war wirklich der erbärmlichste Wurm auf Gottes entsetzlicher Erde. Er rannte nach oben auf sein Zimmer und drehte die Stereoanlage voll auf.

»Ich bin noch ein Kind!« rief er. »Ich bin so klein. Und niemand paßt auf mich auf!«

Er betrachtete sich im Spiegel. Schöne Jacke? Pfui Teufel. Er riß sie sich vom Leib und schleuderte sie in den Schrank. Und diese Hose? Wer trug denn heutzutage noch so was!

Er riß das Fenster auf.

»Ich sollte euch leid tun!« brüllte er in die Nacht. »Ich sollte euch leid tun!«

Und das half.

Er schloß das Fenster wieder, dämpfte die Musik und setzte sich brav und ausgepumpt in seinen Sessel.

»Ich bin verrückt«, erkannte er und schaute verstohlen und beschämt in den Spiegel.

Er überlegte, ob er Lust auf ein Mädchen hatte, das hatte er normalerweise nach einem Fest, eine wütende Lust. Nein – in dieser Nacht nicht. Er lächelte.

4

Es war bitterkalt an diesem Morgen gegen Ende September, als Jon zu seinem ersten Arbeitstag beim Langevann aufbrach. Die Sonne hing wie ein gelbes Ei im Dunst, und es war windstill. Im Westen lag tot das Meer, der erste Schnee saß wie Schimmel zwischen den Bergen und dem tiefblauen Himmel, und unter seinen Füßen knirschte es.

Die Taucher waren schon am Werk, als er kam. Sie standen im Wasser, gebeugt über das Ende eines schwarzen Plastikrohrs, einer mit einem Schweißapparat in der Hand, der andere mit einem Schraubenschlüssel und einer Muffe. Nur Pål trug einen Taucheranzug.

Ein Kompressor brummte am Rand ihres Lagers, aus der Baracke her roch es nach frischaufgebrühtem Kaffee, Kleider und Werkzeug lagen im Heidekraut; es gab ein Feuer, stapelweise neue Rohrleitungen, Betonpfetten und Muffen. Jon ging ans Ufer und setzte sich aufs Dollbord.

Rattengesicht bemerkte ihn als erster.

»Du hier?« fragte er verwundert. Jon breitete die Arme aus. Die Taucher tauschten fragende Blicke. Rattengesicht kam an Land gewatet, der Schraubenschlüssel in seiner Hand sah aus wie eine Waffe, und Jon stand auf.

»Ich soll hier arbeiten«, sagte er. »Ich soll Rohre zerteilen.«

»Das sollst du absolut nicht. Ich will dich hier nicht sehen. Mach, daß du nach Hause kommst.«

Jon ging nicht.

»Das ist mein Ernst«, sagte der Taucher. »Ich will einen anderen.«

»Es gibt keinen anderen. Es gibt nur mich.«

»Was für ein Blödsinn! Auf dieser Insel wimmelt es doch von arbeitslosen jungen Leuten.«

Er war vor Aufregung rot angelaufen. Die gelben Reste eines Veilchens umgaben noch sein rechtes Auge, und seine Oberlippe war geschwollen. Jon starrte bescheiden auf den Boden, um nicht alles noch schlimmer zu machen.

»Ist das hier ein Komplott? Ich bitte um einen Mann, und dann kommst ausgerechnet du?«

Jetzt war auch Pål an Land gekommen. Die beiden gingen beiseite und sprachen miteinander, und als Rattengesicht zu Jon zurückkehrte, wirkte er beherrschter. Er wischte sich die Hände mit Putzwolle ab und nickte zu einem Jeep hinüber, der oben am Hang auf trockenem Boden stand. Dorthin gingen sie dann.

Aus einem Holzkasten nahm er ein Winkelschleifgerät und drückte einen Stecker ins Aggregat des Kompressors.

»Rimstad hat dich also geschickt«, murmelte er und gab Jon eine Haspel mit Kabeln, die sie zu einem Stapel alter ABS-Rohre in einem etwa fünfzig Meter entfernten Bach hinzogen. »Ausgerechnet dich?«

»Ja. Ich heiße Jon.«

»Kannst du mit einem Winkelschleifgerät umgehen, Jon?«

»Ja.«

Er versetzte einem Stück Rohr einen Tritt.

»Die sind butterweich. Du schneidest die Brüche ab – so. Sie sollen sechs Meter lang sein, die Latte da ist drei Meter, also nimmst du sie zweimal, so.«

33

Er rollte eine Rohrlänge auf zwei Pailletten und warf den Rest ins Gestrüpp auf der anderen Seite. Jon nahm das Winkelschleifgerät, schnitt ebenfalls eine Länge ab und rollte sie auf die Pailletten.

»Das gefällt mir nicht«, sagte der Taucher nachdenklich. »Irgend etwas stimmt mit dir nicht.«

»Was denn?«

»Ich weiß nicht. Du stinkst. Was willst du eigentlich hier?«

»Arbeiten.« Sie blickten einander an.

»Na gut«, sagte der Taucher ruhig. »Dann arbeite. Und danach mach, daß du fortkommst.«

Er ging zu seinem Kollegen zurück, und Jon schnitt Rohre. Sie lagen seit zehn Jahren unter Wasser und waren von stinkendem Schleim und Algen überzogen. Es spritzte in alle Richtungen, es roch nach verbranntem, süßlichen Kunststoff und Kloake, ab und zu so stark, daß er sich erbrechen mußte. Jon war daran gewöhnt, allein zu arbeiten, aber das hier gefiel ihm nicht.

Er bewilligte sich kleine Pausen und stieg den Hang hoch, um den Tauchern bei der Arbeit zuzusehen. Sie waren ständig mit ihren Schweißbrennern und ihren Muffen beschäftigt, sie hatten überhaupt nichts Geheimnisvolles. Gegen Mittag war seine Geduld zu Ende.

»Ich möchte gern tauchen lernen«, sagte er, als sie am Feuer saßen und aßen.

»Das läßt sich sicher machen«, antwortete Pål gleichgültig. Er hatte rote Haare, eine hellrote, sommersprossige Haut, blaßblaue Augen und einen kleinen weißen Schnurrbart. Er war größer als sein Kollege, kräftiger und jünger. Jon fiel in der Eile kein passender Tiername für ihn ein, es mußte etwas sein, das am Ebbestrand lebte. »Um im Meer zu tauchen und Fische zu fangen?«

»Nein. Um hier zu tauchen.«

»Hier?«

»Ja.«

»Wozu soll das gut sein?« fragte Rattengesicht, der Georg hieß. »Hier gibt es doch nur Schlamm. Du siehst ja gar nichts.«

»Ach.«

»Es geht doch sicher darum, etwas zu sehen, nicht wahr?«

»Doch, doch, darum geht es wohl.«

»Worauf willst du eigentlich hinaus, kannst du mir das verraten?«

Das konnte Jon nicht. Und wieder griff Pål beruhigend ein und erzählte von einem Plakat, das er im Postamt gesehen hatte – in der Dorfschule sollte ein Taucherkurs stattfinden –, Jon könnte sich doch anmelden.

»Nach dem Essen kommst du mit uns«, sagte Georg mürrisch. »Wir fahren mit dem Boot los und pumpen Luft in die Reste der alten Leitung.«

»Gut.«

»Wir sollen sie an Land holen.«

Jon nickte.

Der schmale Binnensee zog sich bis zur Kluft unter den schroffen Bergen hin, wo das Sonnenlicht nun die weißen Flecken ausgewischt hatte; sie waren über tausend Meter hoch, und Jon war vielleicht der einzige Mensch, der jemals dort oben gewesen war. Er hatte rittlings auf der höchsten und schärfsten Bergkante gesessen, mit dem sicheren Tod auf beiden Seiten, um auf einem Schulausflug Lehrern und Schülern zu beweisen, daß er keine Angst hatte. Er hatte Angst. Denn tief im Berg spürte er Leben und Bewegung. Er konnte drei Regierungsbezirke sehen, er sah die Stelle,

35

wo das Meer endete und der Himmel anfing, er bebte vor Kälte und Erregung, denn er war ein klitzekleines Sandkorn in einem Meer der Unendlichkeit; je länger er dort saß, um so deutlicher wurde ihm bewußt, daß der Berg lebte.

An den Abstieg konnte er sich nicht mehr erinnern, und es gelang ihm nie, von seinem Erlebnis zu erzählen, er konnte weder damit prahlen noch wahrheitsgemäße Eindrücke schildern. In schwachen Augenblicken war er nicht einmal sicher, ob er wirklich dort oben gewesen war. Die Berge bildeten in seiner Erinnerung eine Oase, einen Zufluchtsort für Momente, wenn die Umstände ihn zwangen, sich den tieferen Fragen zu stellen. »Damals ist etwas passiert«, konnte er zu sich selber sagen, ohne ins Detail zu gehen. »Es ist etwas passiert.«

Den restlichen Tag verbrachten sie draußen im Boot. Jon war für eine große Trommel mit einem Druckluftschlauch zuständig, Georg saß an den Rudern, Pål war meist unten im Wasser.

Jon war hier auch nicht zufriedener als bei den Rohren, denn er überlegte sich, daß die beiden Widersacher nun allein an der dünnen Grenze zwischen Leben und Tod balancierten, es war möglich, daß sie einander etwas antaten.

»Warum läßt du es dir gefallen, daß die Leute sich über dich lustig machen?« fragte Georg.

»Das lasse ich mir nicht gefallen.«

»Aber sie tun es trotzdem.«

Jon zuckte mit den Schultern. »Ich kenne sie«, sagte er.

»Da hast du wohl recht«, meinte der Taucher.

Sie waren über hundert Meter von der Stelle entfernt, wo er den Schatten im Wasser gesehen hatte. Die Ruinen des alten Hofes waren am Hang unter den Bergen kaum noch zu sehen – an jenem Morgen konnten die Taucher ihn unmöglich entdeckt haben.

»Wenn er da unten nun nichts sieht«, fragte er. »Wie kann er dann arbeiten?«

»Er kann ein bißchen sehen, wenn er nicht zuviel Schlamm aufwirbelt – ungefähr so weit.«

Georg hielt seine Faust ungefähr zwanzig Zentimeter vor Jons linkes Auge. »Es ist wichtig, Ruhe zu bewahren, in Ruhe zu arbeiten, und zu wissen, was man tut.«

Jon nickte.

Er wollte den Taucher lieber nicht sehen. Er sah den Herbst. Obwohl die Gänse noch immer in großen Scharen umherflogen und noch immer einige Seevögel auf den Steinen im Meer saßen, waren die meisten Vögel inzwischen verschwunden. An diesem Tag ging nicht einmal Wind. Und so tief in die Moore kam nie ein Mensch.

»Wie hältst du es aus, hier zu wohnen?« fragte Georg. »Jahraus, jahrein?«

Jon hielt das für keine besondere Leistung. Er war einfach hier.

»Wenn wir hier nicht soviel Geld verdienen könnten«, sagte der Taucher nun, »würden wir es nicht einen Tag lang aushalten. Es regnet doch die ganze Zeit.«

»Heute nicht.«

»Nein, heute nicht. Aber wir sind schon seit fünf Wochen hier.«

Sie lebten als Fischer und Bauarbeiter, ein Leben hier und eins dort, abwechselnd unterwegs und zu Hause, ein absolutes Durcheinander. Jon beneidete sie nicht darum.

Die Riemen lagen ruhig in den Dollen, als Georg sich eine Zigarette drehte und von den fünf langen Wochen auf der Insel erzählte. Er schien nur zu reden, weil es hier soviel Stille gab. Jon hörte zu, um zu hören, ob es wirklich so still war. Aber auch heute summte im Hintergrund das Meer. Ab und zu glitt ein leises Rauschen durch die Birken am Ufer. Ein Bach, der über einen Bergsims stürzte und über der schwarzen Klamm zu weißem Nebel wurde, war ebenfalls zu hören – gerade noch.

Der Schatten eines Seeadlers fiel auf die Wasseroberfläche. Jon zeigte nach oben. Georg verstummte, und sie legten die Köpfe in den Nacken, um den Vogel zu sehen, der aussah wie ein Siegel am Himmel.

»So ist das«, sagte Jon und lächelte. Und vielleicht verstand der Taucher, was er meinte, denn er lächelte ebenfalls.

»Ich bin einmal da oben gewesen«, wagte Jon sich weiter. »Auf dem höchsten Gipfel. Der ist eintausenddreizehn Meter hoch. Man kann alles sehen, im Norden, im Süden... im Landesinneren, wenn das Wetter klar ist.«

Er erzählte von dieser Tour, an die er sich nicht erinnerte, und er trug dabei recht dick auf. Die Welt sei deutlich von dort oben, nackt. Nur am äußersten Rand des Blickfeldes wisse man nicht mehr so recht, ob man Inseln oder Wolken sehe.

»Aber *du* weißt, was du siehst?«

Ja, denn hier kannte er sich aus. Inseln, Gebirge, jeder Stein und jeder Grashalm, alles schien ein Teil seines Körpers zu sein. »Da oben sind einmal zwei junge Leute zu Tode gestürzt«, erzählte er. »Ein Junge und ein Mädchen, beim Schafesuchen. Sie haben bei einem Unwetter die anderen verloren und konnten den Weg durch die Klamm nicht finden. Der Sturm hat mehrere Tage gedauert...«

»Schon wieder das Wetter«, sagte der Taucher. »Und noch mehr tragische Geschichten. Hier gibt es wohl von beidem genug?«

Jon verstand den Wink und hielt den Mund.

»Er befestigt einen Deckel am Rohrende«, sagte Georg. »Und in diesem Deckel befindet sich ein Ventil. Er schließt den Schlauch an das Ventil an. Er liegt ganz still, um sehen zu können, was er tut. Kapiert?«

»Mm.«

»Wenn er fertig ist, pumpen wir Luft ins Rohr, und dann kommt es an die Oberfläche. Wir ziehen es mit der Winsch auf dem Jeep an Land. Und dann zerschneidest du es in sechs Meter lange Stücke. Ja?«

Sie lächelten.

»Aber strömt die Luft am anderen Ende nicht wieder raus?«

»Nein. Das hintere Ende ist voll Wasser, und es hängt gerade lange genug nach unten, um der Luft den Weg zu versperren.«

Jon lächelte wieder. Hier würde niemand je den Schatten im Wasser erwähnen. Der sah schon aus wie alles Totgeschwiegene, was die Insel auf staubigen Dachböden verstaute und nur im Suff hervorzog. Elisabeths Scheidung war ein solches Geheimnis, wie auch ihr erbärmlicher Mann und ihre derzeitige Bindung zu Hans. Ansonsten gab es auf Nordøya zwei seltsame Grundstücksspekulationen, einen geheimnisvollen Flächenbrand, der sich bis zum Fischereihafen verbreitete, Grenzstreitigkeiten, die nie ein Ende fanden, Kinder, die nicht lesen lernten, sondern ihr Leben mehr oder weniger versteckt auf den Höfen ihrer Eltern zubrachten. Wenn er ehrlich sein wollte, dann war er wohl auch so ein Unglück, ein Klotz am Bein seiner begabten Schwester.

»Nicht träumen«, sagte Georg. »Mehr Schlauch.«

Jon lieferte mehr Schlauch. Es folgten weitere Signale, und er holte Schlauch ein. Påls orangefarbener Anzug tauchte in einer Wolke aus Modder und Morast auf. Er kletterte ins Boot und nahm seine Maske ab. Georg zog an der Startschnur des Motors, und als sie sich dann dem Land näherten, ließ Jon immer mehr Schlauch aus der Trommel und Tau von einer Rolle unten im Boot los. Sie schlossen den Schlauch am Kompressor und das Tau an der Winsch auf dem Jeep an, und das stinkende Rohr stieg langsam an die Oberfläche, sah aus wie eine sich windende Schlange, weil die Sandpfetten jedes Glied deutlich zeichneten. Stück für Stück erreichte das Moor. Jon schnitt seine sechs Meter langen Stücke ab, stapelte sie auf Pailletten. Und der Arbeitstag nahm ein Ende, so selbstverständlich und unproblematisch wie jeder anderer Tag.

Er ging nach Hause und blieb eine Weile auf dem Hof stehen. Er roch gekochten Seelachs und Birkenholz, sah die beschlagenen Fenster, hörte Elisabeth in der Küche wirtschaften, und wieder hatte er diese entsetzliche Angst, daß alles in Stücke gehen könnte. Sie waren allem so ausgeliefert, so, wie sie hier wohnten, es war so leicht, etwas Falsches zu machen, in einem Haus auf dem Gipfel der Welt, das in diesem Moment in den letzten blutroten Tropfen einer erschöpften Herbstsonne badete. Er konnte nur dasselbe tun wie zu seiner Schulzeit, wenn er nicht verstanden hatte, nach welchem System die Tüchtigen arbeiteten, wenn sie die richtigen Zahlen in die richtigen Rubriken einfügten, er konnte nur den Kopf senken, in Gedanken ein leises Lied summen und darauf warten, daß die Glocke ertönte und ihn befreite.

5

Jon war den ganzen Weg vom Langevann gelaufen, um dem Gemeindeingenieur mitzuteilen, daß der Kompressor der Taucher im Moor versunken war. Dann blieb er vor dem Bürgermeisteramt auf dem Parkplatz stehen und verlor alles aus dem Griff. Er sah mehrere Dinge auf einmal, wie Bilder durch viele Filmschichten hindurch: Zwei dänische Jäger in grünen Sportanzügen stiegen in einen Geländewagen, ein ihm bekannter Traktor stand mit laufendem Motor da, durch die Fenstertüren der Finanzabteilung sah er, wie Lisas Vater sich über einen Tisch beugte. Jon hatte seit Monaten nicht mehr an Lisa gedacht; dann hörte er die dänischen Stimmen, er sah ihren Vater und den vertrauten Traktor, und er wußte nicht mehr, warum sie verschwunden gewesen war, sie war doch schließlich seine Kindheit, und sie war immer dagewesen. Er hatte nicht *drei* Freunde, sondern vier, und Nummer vier war eine Freundin und die wichtigste von allen. Sie war die jüngste Tochter des Fabrikbesitzers, so alt wie Jon, seine Liebe und die widerspenstigste Schönheit auf der ganzen Insel.

Er spürte, wie ihm der Regen über den Nacken lief, und er wußte wieder, warum er hier war – aber warum hatte er nicht an sie gedacht? Weil sie ihn im Stich gelassen und weggefahren war, um Ballettänzerin zu werden?

Er lief weiter, zu Rimstad.

Der Mann thronte gewaltig und schroff hinter seinem Schreibtisch mit den vielen Karten und Meßgeräten, und er wurde noch schroffer, als Jon seinen holprigen und atemlosen Bericht über den Kompressor vorbrachte. Sie wollten den Kompressor an eine andere Stelle bringen. Um Zeit zu sparen, hatten sie den Jeep genommen, statt auf einen Traktor zu warten, der Boden war durch den Regen naß und glitschig, das Fahrzeug war ins Rutschen gekommen, und sie hatten das Schlepptau kappen müssen, um nicht auch noch den Jeep zu verlieren – Georg hatte noch ein Tau um das eine Rad des Kompressors wickeln können – und... und da hing er nun.

Der Ingenieur verließ mit donnernder Stimme seinen Papierhaufen – noch eine Katastrophe im Zusammenhang mit dieser verdammten Wasserleitung! Er holte zwei Straßenarbeiter, die gerade Mittagspause machten, fand einen Traktor und zwei Gehilfen und befahl alle in die Garage.

Unterwegs mußte Jon seine Geschichte noch einmal erzählen, und Rimstad wurde zusehends gereizter, denn Jon war unkonzentriert und verlor immer wieder den Faden, was an den neuerwachten Erinnerungen an Lisa lag. Ballettänzerin in Kopenhagen. Das war keine vernünftige Art, ein Leben fortzusetzen, das hier draußen angefangen hatte. Hier wurden alle das, was ihre Eltern gewesen waren, oder sie wurden nichts. Jon und Lisa waren zusammen aufgewachsen, sie waren auf der Insel ein Begriff gewesen. Schule, Pubertät und Konfirmation, Schulter an Schulter hatten sie Fische getrieben und im selben Boot an den Rudern gesessen. Sie hatten dieselben Feinde, denselben Geschmack, dieselben Träume und Gelüste gehabt, bis sie dann aus den tyrannischen Krallen des Fabrikbesitzers entflohen und zum Tanzen nach Kopenhagen gegangen war. Das sah vielleicht eher nach Irrsinn aus als nach Abenteuer, aber bei näherem Hinsehen unterschied es sich wohl auch nicht so sehr von den anderen Ankedoten, die die Dorfchronik bevölkerten.

Die Wege waren lehmig, teilweise unbefahrbar, und der Kompressor war fast versunken, als sie endlich ankamen. Nur das Schlepptau und ein Stück der gelben Bedeckung mit dem Namen der Gemeinde lugten noch aus dem ölig glänzenden Wasser.

Es goß in Strömen. Sie standen mit sieben Mann untätig am Ufer und starrten. Rimstad fluchte und schimpfte. Georgs Blick war leer, er hatte Dreck im Gesicht und eine Tasse kalten Kaffee in der Hand. Ein Arbeiter berührte vorsichtig die kleine Birke, die sich unter dem Druck des Taus beugte. Hier konnten sie nicht viel ausrichten.

Georg schlug aus purer Höflichkeit vor, nach unten zu gehen und eine Kette um das Rad zu wickeln, dann könnten sie versuchen, den gekenterten Apparat mit dem Traktor hochzuziehen. Aber das führte nur dazu, daß Rimstad ihn als verantwortungslosen Trottel und Idioten bezeichnete.

»Wir wollen hier schließlich nicht auch noch krepieren!« brüllte er und schlug gereizt auf das Tau ein, das aussah, als könne es jeden Moment reißen.

»Na gut. Und was machen wir also?«

»Was, zum Teufel, hattet ihr da draußen überhaupt zu suchen?« brüllte der Ingenieur. »Das wird die Arbeiten um mehrere Tage aufhalten. Und wo sollen wir hier draußen einen Kompressor hernehmen?«

»Aus der Stadt vielleicht?«

»Das kostet! Das Wasser hat uns doch schon komplett die Haut abgezogen!«

»Vielleicht hat einer der Bauern einen«, schlug der Mann

auf dem Traktor vor, aber Rimstad achtete nicht auf ihn. Er hatte nur Augen für Georg.

»Damit hast du ja nicht zum ersten Mal ins Förmchen geschissen, oder was?« fragte er verbittert. »Ich bin gewarnt worden, vor dir und vor deiner Firma. Aber ich hatte keine Wahl. Wir haben hier draußen keine Wahl – wir nehmen, was wir kriegen können, oder was?«

Jon war verwirrt. Der alte Fabrikbesitzer – Lisas Vater – mischte sich in die Geschehnisse am Ufer ein. Er war das ökonomische Rückgrat der Insel, er kaufte und verkaufte jeden einzelnen Fisch, der an Land geholt wurde, ihm gehörten die größten und besten Grundstücke zum Ausbau der Schule, des Bürgermeisteramtes und der Lachszuchten; auch über den neuen Fähranleger war er der Herr, ganz zu schweigen von seinen Arbeitern und seinen Kindern, drei Töchtern von zwei verschiedenen Ehefrauen, und einen Sohn, der weggegangen und nichts geworden war – jedenfalls kein ehrbarer Erbe.

»Na gut«, Rimstad riß ihn aus seinen Gedanken. »Was machen wir?«

»Zusehen und Däumchen drehen«, antwortete Georg gereizt.

»Dazu haben wir keine Zeit.«

Der Taucher musterte ihn kalt. Dann holte er eine Axt und zerschlug das Tau direkt unterhalb des Knotens. Sie hörten ein Glucksen, Gasblasen stiegen an die Wasseroberfläche, und der Kompressor versank im Morast.

Er kehrte den anderen den Rücken zu und fing an, mit dem Mann auf dem Traktor über die Möglichkeit zu diskutieren, einen neuen Kompressor herbeizuschaffen. Sie beschlossen, ihr Glück bei einem Bauern zu versuchen, der nebenbei auch Sprengungen durchführte.

»Macht, was ihr wollt«, sagte Rimstad und ging. »Macht

verdammt noch mal, was ihr wollt. Wenn die Arbeit nur bis zum fünfzehnten erledigt ist!«

»Diese Insel ist Gift«, murmelte Georg, als sie allein waren. Er streifte den triefnassen Overall ab und verschwand in der Baracke.

Pål riß Jon aus seinen Träumereien, und sie zogen den Jeep auf festen Boden. Danach schweißten sie weiter die Rohre für die neue Leitung aneinander; der Taucher hielt den Schweißbrenner, Jon bugsierte die Rohre aneinander und montierte die Betonpfetten, während die Leitungsstücke immer wieder ins Wasser hineinglitten.

Seine Erinnerung war Flickwerk. Jetzt wußte er nicht einmal mehr, wie Lisa aussah. Einzelne Züge, ja, daß sie im Sommer Sommersprossen und in der Winterkälte flammendrote Wangen hatte; ihre langen schwarzen Haare, die sie niemals schnitt, das leichte Schielen eines ihrer großen dunklen Augen, von dem es ihm kalt den Rücken hinunterlief, wenn sie sich begegneten – aber das Ganze? Ihre Gestalt? Er wußte noch, daß sie Autofahren und Wasserski laufen konnte, daß sie schießen konnte – nicht so gut wie er, aber immerhin; die meisten Arbeiten schaffte sie auch, wenn sie es sich in den Kopf gesetzt hatte, und die Männer waren verrückt nach ihr – aber *sehen* konnte er sie nicht.

Erst nach über einer Stunde kam Georg wieder zum Vorschein. In trockenem Overall, mit bleicherem, gröberen Gesicht denn je; er sah aus wie ein Mann, der sich am Rande des Abgrundes befindet. Sie sind jetzt ja schon über sieben Wochen hier, dachte Jon, mit Arbeit, Einsamkeit und Schlamm rund um die Uhr. Er kannte das aus den Fischfanggebieten: Man arbeitet und arbeitet, schläft wenig und gräbt sich immer tiefer ein, bis irgend etwas explodiert und irgendwer anfängt, sich zu prügeln, sich etwas antut oder abhaut. Und dann kommt oft für ein paar

Tage alles zum Stillstand. Aber die Sonne geht trotzdem auf, und die Welt hangelt sich auf irgendeine Weise weiter.

Hier lief das alles anders. Die beiden Taucher schienen nicht unter Wasser zu müssen, um weiterzukommen. Jon merkte, daß sie einander nicht ansahen. Sie arbeiteten. Georg hatte die Aufgabe übernommen, die Pfetten festzuschrauben, Jon legte Rohre und Pfetten in der Zange vor dem Schweißbrenner zurecht. Wortlos wechselten die Taucher alle halbe Stunde ihren Job. Sie arbeiteten schnell und präzise, ohne überflüssige Bewegungen, nicht schneller und schneller, wie das Unwissende oft tun, wenn sie glauben, etwas zu schaffen, sondern die ganze Zeit im selben perfekten Tempo, in einem Rhythmus maximaler Effektivität, und Jon sah in seiner atemlosen Arbeitswut ein, daß hier niemand eine Prügelei vom Zaun brechen würde. Die Männer kannten einander. Sie waren schon früher harten Bedingungen ausgesetzt gewesen, und sie waren imstande, inneren Aufruhr in Arbeit und Produktion umzusetzen.

»Wir machen weiter«, sagte Georg um vier Uhr, reichte Pål den Schraubenschlüssel und bekam dafür den Schweißbrenner. Um fünf sagte er dasselbe. Um halb sechs tauschten sie ein kurzes Lächeln und richteten sich auf, während Jon Halogenlampen aus der Baracke holte. Um sieben tauschten sie ein letztes Mal, und kurz vor halb acht waren gerade noch genug Rohrlängen übrig, um Jon und Pål am nächsten Vormittag zu beschäftigen, während Georg im Hafen des Gemeindezentrums eine neue Ladung holte.

Und dann war Lisa wieder da, als er hinter der Baracke die Hände in einen Eimer fetter Lauge tauchte und zusah, wie die gelbweiße Flüssigkeit den Dreck von seiner Haut fraß. Er sah Lisa so, wie sie auf den Fotos zu Hause in der Schublade aussah, auf dem ersten Bild, wenn er morgens die Augen aufschlug – zu welchen Lügen würde sie wohl heute ihre Zuflucht nehmen müssen, um ihrem Vater zu entkommen und sich mit Jon auf der Heide zwischen ihren Wohnorten zu treffen? Sie trafen sich auf halbem Weg, sahen sich schon auf zwei Kilometer Entfernung, kleine Schachfiguren, die die Bergkuppen bestiegen und angesichts des größten Geheimnisses der Insel zu Verschworenen wurden. Er hatte einmal ein Buch über sie beide gelesen, und es hatte ein glückliches Ende, da es kein Ende hatte; die beiden Verbrecher waren einfach nur zusammen zusammen... sie fehlte ihm. Herrgott, sie fehlte ihm so sehr!

6

Wieder Regen.

Jon stand vor der Schule im Dunkeln und starrte in die Turnhalle, wo ein Liedermacher eine Versammlung von vielleicht zwanzig Zuhörern unterhielt, zumeist Lehrer und Leute aus der Verwaltung. Elisabeth war da, ihre meisten Bekannten, der neue Pastor mit seiner Pfadfindergruppe, Rimstads Frau, die als Krankengymnastin im Altersheim arbeitete, und ganz hinten beim Korbballtor auch Hans, in sicherer Entfernung von seiner Geliebten.

Ein elender Lügner, dachte Jon über den Lehrer, ein zudringliches Kamel, das um jeden Preis der Freund seiner Schüler sein wollte, die ihn nicht ausstehen konnten.

Er war vor zehn Jahren auf die Insel gekommen und hatte wie ein Bergwanderer ausgesehen, mit Anorak, Gummistiefeln und Bart. Jetzt hatte er Frau und Kinder und ein neues Haus, der Bart war verschwunden, und er trug zumeist Kordhosen und eine Lederjacke, hatte aber noch denselben unzuverlässigen Blick.

Er war einer der treibenden Motoren der Wassergeschichte. Zuerst hatte niemand auf ihn hören wollen, aber er war Biologe und holte selber Wasserproben aus den privaten Brunnen ein, trumpfte damit bei den Behörden und den lokalen Dummköpfen auf und sagte, dieser Schlamm beherberge so viele Bakterien wie ein kompletter Kuhstall und besitze einen Säuregrad, der unter der Hälfte des Erlaubten läge – niemand könne damit leben, ohne sich auf die Dauer Schäden zuzuziehen. Und langsam gelang es ihm, die Leute auf seine Seite zu ziehen, zuerst Kollegen und Freunde, dann die Fachleute in den zuständigen Ämtern und die, die an der Sache etwas verdienen konnten – Fabrikbesitzer Sakkariassen zum Beispiel, die Bauunternehmer und die größten Bauern. Als der Vorschlag bei der Gemeindeleitung schließlich durchkam, geschah es mit überwältigender Mehrheit.

In der ersten Reihe in der Turnhalle saß eine Frau von Ende Zwanzig. Auf diese Frau wartete Jon. Eine modisch gekleidete Frau aus der Stadt, mit schwarzen Strümpfen, jeder Menge Schmuckstücke und Armbänder, die sicher erotisch klirrten, und modern geschnittenen rabenschwarzen Haaren. Auf dem Schoß hatte sie ihre Kamera und einen Block, auf dem sie nichts notierte. Sie war eine Journalistin der Lokalzeitung der Stadt, der Zeitung, der Elisabeth ihre Leserbriefe schickte – und Hans seine – und ab und zu ein Gedicht über Wetter und Natur.

Als das Konzert zu Ende war und die meisten Zuhörer durch den trommelnden Regen zu ihren Wagen gelaufen waren, tauchte Jon aus der Dunkelheit auf und bot der Journalistin seinen Schirm an. Sie wich erschrocken zurück, und deshalb ließ er seine Hände nach unten sinken, um ihr klarzumachen, daß er nicht vorhatte, sie zu erwürgen.

»Du hast mir einen Schrecken eingejagt.« Sie preßte die Hand auf die Brust, reichte ihm aber trotzdem ihren Schirm. Er machte sich an dem verklemmten Schloß zu schaffen und schaffte es dann, den Schirm aufzuspannen. Er hatte diese Begegnung genau geplant, jeden Satz eingeübt – und jetzt war alles weg.

»Er hat sicher über Frieden gesungen?« sagte er im Plauderton und nickte zu dem Liedermacher hinüber, der gerade ins Auto des Pastors stieg, um dann zum Fähranleger gefahren zu werden.

»Ja«, sie lachte. »Heutzutage mögen sich das nicht mehr viele Leute anhören, nicht wahr?«

Jon hatte ein ziemlich problematisches Liebesleben. Das meiste erledigte er auf eigene Faust, mit einem Stapel Pornozeitschriften zu Hause, auf dem Dachboden. Stand er weiblicher Schönheit in natura gegenüber – so wie jetzt –, verlor er restlos die Fassung; die Schönheit war nichts für ihn. Das würde sie auch nie sein. Keine schöne Frau – und auch keine häßliche – hatte Jon je ins Gesicht geblickt und sich darin verloren. Er las in Illustrierten über Dicke und Häßliche, und er litt mit ihnen. Aber die Gemeinschaft der Häßlichen war keine Gemeinschaft, sondern eine frustrierende Einsamkeit, in der sich jeder ganz allein verlor.

»Ich wohne da hinten«, sagte er mit einem Nicken in die Richtung, aus der der Regen kam. »Ich gehe hier in der Gegend auf die Jagd... Und ich arbeite bei der Wasserleitung... kannst du dich an Lisa erinnern?« Er riß sich zusammen. »Deshalb will ich mit dir reden. In eurer Zeitung hat damals doch viel gestanden?«

Die Journalistin brauchte ein wenig Zeit. Sie waren allein. Es war dunkel, und sie waren sicher weit von allem entfernt, woran sie gewöhnt war.

»Lisa?« murmelte sie und ließ ihre Autoschlüssel klirren. »Nein, ich glaube nicht. Außerdem habe ich es ziemlich eilig. Können wir nicht ein andermal darüber sprechen?«

»Sie ist nach Kopenhagen gegangen, um Ballettänzerin zu werden. Darüber habt ihr auch geschrieben.«

»Ja, stimmt. Sie kam von dem Hof im Norden der Insel, nicht wahr?«

»Ja.«

»Tochter des Fabrikbesitzers, oder?«

»Ja. So alt wie ich. Mit langen dunklen Haaren, ungefähr bis hierhin.« Er zeigte auf ihren Kragen. Sie standen nicht mehr unter dem Dach, sondern im Regen, sie unter dem Regenschirm, er ein Stück davor, um nicht aufdringlich zu wirken. Sie deutete durch eine Geste an, daß auch er unter den Schirm kommen könne, aber es war nicht sehr überzeugend, und er blieb, wo er war.

»Sie ist verschwunden«, sagte er.

»Verschwunden, wie meinst du das? Daß sie nicht zurückgekommen ist? Na gut. Und was kann ich daran ändern?«

Nicht viel. Er wollte nur lesen, was sie über Lisa geschrieben hatten. Es gab doch sicher Archive. Er wollte die Bilder sehen, Bilder von ihr, die ihr Vater und die Schwestern besorgt hatten.

Sie hielt ihm den Regenschirm über den Kopf, und er gab sich Mühe, ihr nicht ins Gesicht zu atmen. Die Leute mögen es nicht, wenn man ihnen ins Gesicht atmet, schon gar nicht, wenn sie einem gerade widerwillig einen Gefallen getan haben.

»Das läßt sich bestimmt einrichten. Wann möchtest du denn kommen?«

Sie schaute auf die Uhr und machte eine hektische Handbewegung, er sprang wieder zurück in den Regen.

»Nein, nein«, sagte sie gereizt. »Laß das doch.«

Er begriff nicht.

»Steh nicht da draußen im Regen rum, komm unter den Schirm, bis wir fertig sind. Du machst mich ganz nervös.«

»Ach.«

»Du bist ja triefnaß, und so, wie du aussiehst... Himmel, was sage ich denn hier!«

»Das macht nichts.«

»Ja, natürlich kann ich mich an Lisa erinnern«, sagte sie rasch. »Das war so ungefähr das erste, worüber ich geschrieben habe. Es muß doch über zwei Jahre her sein? Sie ist auch über die überregionalen Zeitungen gesucht worden, nicht wahr?«

»Ja.«

»Und sie ist also nicht zurückgekommen?«

»Nein.«

»Seltsam.«

Jon hielt den Regenschirm, während sie die Autotür aufschloß und einstieg, er reichte ihr den Schirm durch das Fenster. »Sagen wir, irgendwann nächste Woche?«

Er nickte, und sie sah ihn an.

»Willst du hier stehenbleiben?«

Möglicherweise wollte sie ihm anbieten, ihn mitzunehmen, aber er wußte, wie er anderen aus solchen Verlegenheiten heraushelfen konnte.

»Nein, danke«, kam er ihr zuvor. »Ich muß nach Norden.«

Der Motor lief schon, aber sie zögerte noch einige Sekunden.

»Ich heiße Marit«, sagte sie und reichte ihm die Hand. »Ich weiß nicht, ob ich dir helfen kann, aber frag nach Marit, wenn du kommst... *falls* du kommst. Okay?«

»Ja.«

»Und Entschuldigung.«

»Wofür denn?«

»Herrgott. Vergiß es.«

Sie drehte das Fenster hoch und fuhr los. Jon wartete, bis ihre Scheinwerfer hinter der Kurve verschwunden waren, dann ging er langsam hinterher.

Er dachte an Lisas Augen, die ihn keine Minute verlassen hatten, seit sie an diesem Tag vor dem Bürgermeisteramt wieder aufgetaucht waren; an ihr seltsames Schielen – wie zwei nicht richtig aufeinander abgestimmte Spiegel; nicht nur Jon wurde davon aus der Fassung gebracht, die allermeisten wunderten sich darüber, daß ein Sonderling wie Lisa einen so schönen Blick haben konnte.

Er war dermaßen in Gedanken versunken, daß er das Auto erst bemerkte, als er es erreicht hatte; ein neuer Subaru auf einer Nebenstraße, wo sich die Landschaft zu den Mooren hin öffnete. Es war Hans' Auto.

Er verließ die Straße, preßte sein Gesicht gegen die Windschutzscheibe und schaute hinein. Aber es war nichts zu sehen. Und im Wald um ihn herum war außer dem unablässig hämmernden Regen nichts zu hören. Plötzlich tauchte das Spiegelbild von zwei Scheinwerfern auf dem nassen Glas auf; sie näherten sich von Osten her, waren auf dem Weg ins Inselinnere. Aus einem Impuls heraus ging er wieder auf die Fahrbahn und stellte sich so hin, daß er gesehen werden mußte. Es war die Journalistin. Sie sah ihn, hielt mit kreischenden Bremsen an und stieg aus.

»Was machst du denn hier?« fragte sie, fast gereizt. »Hast du nicht gesagt, du müßtest nach Norden?«

»Ich sehe mir das Auto an«, sagte er mit verlegenem Lächeln. »Es gehört einem Lehrer.«

Sie warf einen Blick auf das Auto.

»Ja und? Ist etwas passiert?«

Zwischen den Birken konnten sie ein schwaches Licht erkennen.

»Da liegt ein Hof«, sagte er. »Der ist nicht mehr in Betrieb, der Mann arbeitet in der Stadt, die Frau wohnt allein dort. Auf der anderen Seite des Feldes dahinten liegt noch ein Hof – kannst du den sehen? Da wohnt einer von seinen früheren Schülern.«

Er zuckte mit den Schultern. »Vielleicht ist er aber in keinem von beiden Häusern.«

»Was soll das eigentlich? Schnüffelst du hier herum, oder was?«

»Mm. Er ist mit meiner Schwester zusammen. Ich tu das für sie.«

Sie lachte, aber ihre Augen zeugten eher von Angst als von Belustigung. Sie war jetzt so naß wie er, und ihre Schminke verlief. Die Haare, die früher an diesem Abend aufrecht gestanden hatten, klebten jetzt an der Kopfhaut und sahen aus wie abgebrochene Stachel.

»Soll ich dich nach Hause fahren?« fragte sie ungeduldig. »Oder willst du hierbleiben?«

»Tja.«

»Nun steig schon ein, ehe wir ertrinken.«

Sie bogen einige hundert Meter weiter südlich von der Straße ab und fuhren über den Karrenweg weiter. Der war alt und schlecht in Schuß, an mehreren Stelle hatten ihn reißende Bäche untergraben. Ursprünglich hatte er zur Nachbarinsel hinübergeführt, aber die war schon längst nicht mehr bewohnt, und während eines Sturms hatte im letzten Winter das Eis die Brücke weggerissen, deshalb führte der Weg jetzt nur noch zum Haupthof und dem letzten Haus, in dem Jon und Elisabeth wohnten.

Er machte sich an ihrer Kamera zu schaffen und stellte sich taub, als sie über die Wegverhältnisse klagte.

»Weiter«, sagte er nur, als sie beim Haupthof anhalten wollte. Widerwillig gehorchte sie.

Es war stockfinster, Nacht und Himmel waren nicht zu unterscheiden, nirgendwo war ein Licht zu sehen. Der Weg wurde immer schlechter, je weiter sie kamen. Das letzte Stück den Hang hinab und durch den kleinen Wald war fast unwegsam. Die Journalistin hielt mehrere Male an, aber Wenden war nicht möglich, und Jon trieb sie weiter.

Als sie endlich angekommen waren, erklärte er ihr langsam und umständlich, wie sie wenden konnte, ohne in der Dunkelheit auf den Schleifsteinen zurücksetzen zu müssen. Und danach blieb er sitzen und sah sie an, machte keine Anstalten, auszusteigen. Sie wich seinem Blick aus.

»Du hast Angst«, sagte er und empfand ein gewisses Behagen, als sie sich auf die Unterlippe biß. Dies hier war seine Welt, der einzige Fleck auf der Erde, wo er der Herr war.

»Das hätte ich nicht tun sollen«, seufzte sie.

»Nein«, sagte Jon. »Hättest du nicht.«

Sie lauschten dem Regen, der aufs Dach trommelte. Ihre lackierten Nägel lagen fest auf dem Lenkrad, und ihr Blick wich keinen Zentimeter vom sinnlosen Kampf der Scheibenwischer mit dem Wasser.

»Bedeutet das, daß ich gefangen bin?«

Es sollte wohl ein Scherz sein, aber Jon gab keine Antwort. Er bekam nicht so oft die Gelegenheit, sein Herrschaftslächeln anzubringen, das er so lange vor dem Spiegel geübt hatte – bei Elisabeth war es sinnlos, bei allen anderen Bekannten auch, er brauchte eine Fremde. Er wollte es noch eine Weile genießen.

»Das halte ich einfach nicht aus«, sagte sie. »Nun mach schon was!«

Jon schwieg. »Was willst du denn bloß?« rief sie.

Er öffnete den Mund, schloß ihn wieder und wartete noch ein paar Sekunden. Dann legte er ihr ruhig die Kamera auf den Schoß, öffnete die Tür und stieg aus. Sie warf sich über den Sitz und verriegelte hinter ihm die Tür. Aber dann gelang es ihr nicht, den Wagen zu wenden. Und nach mehreren mißlungenen Versuchen mußte sie das Fenster wieder öffnen und Jons Anweisungen entgegennehmen. Er dirigierte. Das Auto machte einen Sprung und blieb stehen. Durch das Fenster sah er, wie sie in stummer Verzweiflung den Kopf aufs Lenkrad legte.

»Du brauchst doch keine Angst zu haben«, sagte er.

Sie bekam sich wieder unter Kontrolle, brachte den Motor in Gang und jagte davon.

Jon war kein schlechter Mensch. Er hatte ihr Leben in seinen Händen gehalten und es ihr nicht genommen. Er hatte sie nicht einmal angerührt. Er wollte keine Macht, um sie zu mißbrauchen. In seinen Träumen, wo alles, was er machte, von Bedeutung war, vollbrachte er gute Taten, er gab den Bedürftigen, er beschützte und befreite die Menschen aus ihren Gefängnissen – eigentlich saßen alle im Gefängnis, hinter sichtbaren oder unsichtbaren Gittern. Dieser Abend hatte wie ein Märchen geendet.

Elisabeth strickte, als er ins Haus kam, sie war allein.

Er trocknete sich die Haare mit einem Handtuch ab.

»Wer hat dich gefahren?« fragte sie sofort.

»Hans«, sagte er beschwingt. Er ließ die Videokamera an und richtete sie auf Elisabeth.

»Laß das«, sagte sie. »Du weißt doch, daß ich das nicht mag.«

Er lachte und filmte. »Jon!« sagte sie. »Ich weiß doch nicht, was ich machen soll.«

»Dann mach gar nichts«, sagte er. »Sitz still und strick!«

»Ich mag das nicht, habe ich gesagt.«

Er legte die Kamera hin und setzte sich, mit dem Handtuch um den Kopf, in den Schaukelstuhl.

»Hans?« fragte sie verwundert. »Warum ist er nicht mit reingekommen?«

»Keine Ahnung. Wollte wohl nach Hause, zu seiner Frau.«

»Spiel hier nicht den Witzbold. Er wäre nie den ganzen Weg hergefahren, ohne hereinzuschauen.«

»Ach.«

»Du lügst, nicht wahr?«

Er schaukelte langsam hin und her, ohne ihr eine Antwort zu geben.

»Du bist noch immer auf Sendung«, sagte er und nickte zur Kamera hinüber.

»Wer hat dich gefahren?« schrie sie. »Nun antworte schon, du Idiot!«

»Hans, das habe ich doch gesagt.«

»Und wo hast du ihn getroffen, wenn ich fragen darf?«

»Unten bei Grinda.«

Er hatte den Nerv getroffen, und er machte sich bereit, um die Kamera zu retten, falls Elisabeth nun ausrasten sollte.

»Du bist widerlich«, sagte sie. Die Erwähnung von Grinda war einwandfrei zu weit gegangen. Sie konnte die Bestätigung ihrer schlimmsten Ahnungen von einer Rivalin bedeuten. »Du bist ein Schwein, damit du's weißt.«

Er freute sich.

»Und schalte diese verdammte Kamera aus, sonst schlag ich sie in Stücke!«

Normalerweise hatte Jon in solchen Situationen keine Kontrolle über sich. Dann machte er weiter, bis sie in Tränen ausbrach, etwas kaputtschlug oder das Haus verließ. Aber nun wurden sie von Motorenlärm unterbrochen. Scheinwerferlicht fegte über die Fenster, und auf dem Hof hielt ein Auto.

Die beiden Geschwister sahen sich an. Elisabeth verriet mit keiner Miene, was sie dachte. Jon schaltete die Kamera aus, stellte sie wieder in die Ecke und wartete.

Sie warteten, aber niemand kam ins Haus. Schließlich ging Jon hinaus.

»Das ist Hans«, sagte er, als er zurückkam.

»Ja?« fragte sie trocken und gleichgültig, nun hatte sie sich wieder gefaßt. »Warum kommt er nicht rein?«

»Er möchte wissen, ob er hier duschen kann.«

»Duschen?«

Langsam ging ihr der Zusammenhang auf.

»Ja«, sagte Jon und begriff nach und nach, daß er den empfindlichen Nagel auf den Kopf getroffen hatte, und eigentlich wollte er sie in dieser Lage gar nicht so gern sehen. »Er ist sternhagelvoll. Er braucht Hilfe.«

»Dem Hurenbock helfe ich nicht«, sagte sie leise. »Mach du das, oder laß ihn draußen sitzen.«

Jon hatte nicht die Absicht, sich die Finger schmutzig zu machen. Er nahm die Videokassette aus der Kamera und schrieb mit dem Kugelschreiber neben die Zahl fünf auf das Etikett: »Drei Minuten mit Elisabeth, als ich erzählt habe, daß Hans mich nach Hause gefahren hat.« Uhrzeit und Datum, er unterschrieb und schob die Kassette ins Regal.

»Nicht Hans hat mich gefahren«, sagte er dann. »Sondern die Journalistin, die im Konzert war.«

Er verließ das Drama und ging auf sein Zimmer. Dort hörte er, wie Elisabeth ihren Liebhaber ins Wohnzimmer zog, hörte ihre empörten Vorwürfe und die genuschelte Rechtfertigung des Mannes: Das Leben habe ihn in die Mangel genommen, dieser Abend sei ein Unfall und eine Ausnahme. Die Badezimmerrohre fingen an zu rauschen, die Stimmen wurden leiser und redeten normal, schließlich flüsterten sie, ab und zu wurde das Geflüster von Gekicher oder Lachen unterbrochen. Dann war es lange still. Schließlich waren Schritte auf der Treppe zu hören, gedämpftes Lachen, Türen öffneten und schlossen sich, dann nahm das Bett sie endlich zu einer Versöhnung in sich auf, bei der die Bettfedern nur so ächzten.

Jon schlief in dieser Nacht nicht. Er hatte sich euphorisch von dem Gefühl mitreißen lassen, die Kontrolle zu haben – und die hatte er natürlich nicht. Diese Erkenntnis konnte sogar seinen Haß auf den Lehrer dämpfen – er wußte ja, daß der Mensch nur Treibgut auf dem Meer war, und Hans tat wohl auch nur sein Bestes, dieser Arsch.

Der Regen hörte auf. Und als die ersten Sonnenstrahlen durch den Vorhangspalt schlüpften und das Plakat trafen, auf dem Johnny Cash »Joshua goes Barbados« sang, war aus dem Nebenzimmer wieder etwas zu hören. Schritte auf der Treppe folgten, dann Summen aus der Küche. Kaffeeduft strömte durch das Haus, und als endlich auf dem Hof der Wagen anfuhr, schlief er ein.

7

Ein neuer Kompressor wurde gebracht. Aber der Bauer, dem er gehörte, wollte bei den Arbeiten dabeisein, um auf seinen Kompressor aufpassen zu können, und damit war Jon überflüssig.

Rimstad kam in der Mittagspause und wanderte in seinen neuen Stiefeln umher; er sah betrübt aus, sein Etat sei arg belastet, und er könne nicht noch einen neuen Mann anstellen – was er sehr bedauere.

Jon sagte, das sei nicht schlimm. Er wußte ja, daß Vereinbarungen zwischen armen Teufeln und Wohltätern immer auf diese Weise endeten. Er könne wieder auf die Jagd gehen, tröstete er den Ingenieur. Die Hasen würden sicher auch in diesem Jahr vor dem ersten Schneefall weiß – diese Trottel, haha... oder er könne auch einfach gar nichts tun, wie so oft.

Aber daran war er nicht mehr gewöhnt. In diesen Wochen war er gebraucht worden, und er war gern mit den Tauchern zusammen gewesen; in gewisser Weise hatten sie ihre Goldgrube gefunden, waren zusammengeschweißt durch ihre harte Arbeit.

An den folgenden Tagen stand er deshalb viel in der Gegend herum und kam sich albern vor. Er betrachtete den Schleifstein mit der Kurbel, der im Gras lag, oder einen alten, eingesunkenen Zaun, der repariert werden könnte, aber das alles hatte ja eigentlich gar keinen Sinn, sie würden ja wegziehen. Er dachte ein wenig nach, versuchte zu träumen, was ihm früher so gut gelungen war – es gab zum Beispiel keinen Ort auf der Welt, den er nicht besucht, keinen Konflikt, den er nicht gelöst, kein notleidendes Wesen, das er nicht gerettet hatte –, aber diesmal führte es irgendwie zu nichts. Außerdem hatte er sein minimales Arbeitsgewissen zum neuen Leben erweckt – mitten am Tag sollte man etwas tun, sich mit einem Spaten auf einem Feld aufhalten, vor dem Herbst einen Elektrozaun aufrollen, Netze auslegen und Nahrung ins Haus schaffen – irgend etwas.

Nur sehr langsam, viel langsamer als nach seinem letzten Job fand Jon zu seiner lässigen Gleichgültigkeit zurück. Aber es ging. Und wenn er die Taucher und die Wasserleitung auch nicht vergaß, so vermißte er sie doch immer weniger.

Dann tauchte Georg eines Tages plötzlich wieder auf, auf einem Pfad im Moor. Jon legte die Axt weg, die er gerade schliff – er hatte endlich beschlossen, ein wenig Holz zu hacken –, und rannte ins Haus, um nicht gesehen zu werden. Aber der Taucher lief hinterher, und Jon mußte auf sein Zimmer flüchten. Einige Minuten später kam Elisabeth.

»Da ist einer von den Tauchern«, sagte sie.

»Das weiß ich«, sagte Jon gleichgültig und machte sich an einer Schublade zu schaffen.

»Er wartet.«

»Von mir aus.«

»Er sitzt unten in der Küche.«

»Ja und?«

Daß dieser Trottel nicht wegbleiben konnte, jetzt, wo alles vergessen war.

»Tut mir leid, was passiert ist«, sagte Georg, als Jon nach unten kam. Elisabeth hatte Kaffee eingeschenkt, und auf dem Tisch stand eine Schale mit Plätzchen, mit gekauften Plätzchen, die Jon immer mitbrachte, wenn er nicht weiter quengeln mochte, sie solle doch endlich wieder backen. Er winkte ab, als der Taucher seine Entschuldigungen vorbrachte, und fragte, was er wolle.

»Kannst du mir heute helfen? Wir müssen zu viert sein, wenn die Ventile geöffnet werden. Und der Bauer kann nicht klettern.«

»Klettern?«

»Ja, wir müssen zum See oben im Gebirge.«

Jon schlürfte laut seinen Kaffee.

»Nein«, sagte er.

Der Taucher stutzte. Er hielt Jon offenbar für eine Ressource, die immer verfügbar war.

»Wie meinst du das?«

»Ich meine, nein!«

»Ja, ist das alles, was du zu sagen hast?«

Das war alles, was er zu sagen hatte. Er war mit Tauchern und Wasserleitung fertig. Er pfiff auf das neue Wasser. Es hatte nichts mit dem Leben zu tun. Es war überflüssig, lächerlich.

»Hast du vielleicht eine andere Arbeit?«

»Nein.«

»Willst du mehr Geld?«

»Nein.«

Georg wurde lauter. »Könntest du uns denn heute nachmittag nicht für ein paar Stunden helfen? Wir brauchen noch einen Mann – und sonst will keiner mitmachen!«

Jon ließ sich nicht beirren. Er gab auch keine Erklärung ab.

Georg erhob sich unschlüssig. Auch Elisabeth schwieg,

sie begnügte sich damit, ihren Bruder vorwurfsvoll anzusehen. Sie hatte ihn in der Nacht wieder im Stich gelassen und konnte sich Ermahnungen in aller Öffentlichkeit nicht leisten.

Der Taucher breitete die Arme aus.

»Na gut«, sagte er.

Dann sagte er noch einmal »na gut«, bedachte die Schwester mit einem eindringlichen Blick und machte sich unverrichteter Dinge wieder davon.

Jon folgte ihm bis zur Vortreppe.

»Nicht den Weg da gehen!« rief er, als der Taucher an die hundert Meter weit gekommen war. »Da verirrst du dich nur im Moor.«

Der Mann blieb stehen, sah den Weg an, auf dem er gekommen war, dann ging er einige Schritte zurück.

»Wie meinst du das? Auf diesem Weg bin ich doch gekommen.«

Es dauerte eine Weile, bis Jon antwortete, und er sagte nur: »Ach.«

Leise.

Er machte es sich auf der Treppe bequem, wie ein Zuschauer in einer Arena, in der sich jeden Moment ein Kampf auf Leben und Tod abspielen kann. Das Gewehr lag frisch geputzt über seinen Knien, kleine Tauperlen funkelten auf dem matt geölten Metall. Der Himmel war hoch und still, die Berge im Süden waren in Nebel gehüllt, und wer sich mit dieser Landschaft auskannte, konnte sehen, daß ein Sturm im Anmarsch war. Der konnte in zwanzig Minuten losbrechen, in fünf Stunden oder am nächsten Morgen...

Georg schüttelte resigniert den Kopf, verließ den Moorpfad und ging statt dessen auf der Straße. Jon rief noch einmal hinter ihm her.

»Warum gehst du da?«

»Was?«

»Warum gehst du in die Richtung, wo du aus der anderen gekommen bist?«

Georgs Geduldsfaden war gefährlich nahe am Reißen.

»Was, zum Teufel, machst du hier eigentlich?« fragte er wütend. »Willst du mich zum Narren halten, oder was?«

Jon stand auf, hob das Gewehr, legte den Kolben an seine Wange und sah, wie das blasse Gesicht des Tauchers den ganzen Kreis hinter dem Fadenkreuz füllte, zwei, drei kurze Sekunden lang. Dann drückte er ab.

»Ja«, sagte er.

Georg stand steif in dem grauen Licht, breitbeinig, die Arme ausgestreckt.

Das trockene Knacken weckte zwei Krähen auf dem Zaun, die mit schrillem Geschrei aufflogen, einige Birkenblätter fielen auf die lehmigen Stiefel.

Jon senkte das Gewehr, ging ins Haus und knallte die Tür hinter sich zu.

Aber die Untätigkeit schuf Probleme. Seine leeren Tage waren aufs neue aus dem Gleichgewicht geraten. Was wollten die Taucher eigentlich von ihm? Er wurde nervös. Und an dem Morgen, als der Sturm losbrach, zog er seine besten Kleider an, um in die Stadt zu fahren und mit der Journalistin zu sprechen.

Schwarze Kordhose und braune Lederjacke, nicht ganz modern, aber ziemlich korrekt, oben mit zwei Knöpfen, die eigentlich nicht dort sein sollten. Er riß den einen ab, aber das machte die Sache kaum besser. Hellblaues, frisch gebügeltes Hemd. Die meisten Stadtbesuche machten Ärger. Er brauchte nur an zwei seiner weniger gelungenen Auftritte zu denken, um die Schamröte wie ein Lauffeuer über seine Haut jagen zu spüren. Er dachte daran, wie er einmal in einem Café einen Tisch umgeworfen hatte – *alle* hatten ihn angesehen. Seine Kleider waren nie furchtbarer gewesen als an diesem Vormittag, seine Haare waren falsch gekämmt, sein Rücken war krumm, und er war häßlicher denn je. Er stand am Fenster, um sich zu motivieren, starrte düster auf den Weg, wo die Windstöße den Kies aufwirbelten. Bestimmt würden nicht viele Menschen auf der Straße sein.

»Du siehst gar nicht schlecht aus«, sagte Elisabeth hinter seinem Rücken. »Wenn du dich anständig anziehst.«

Ihm schauderte.

»Ich bin häßlich«, sagte er.

»Aber mein Lieber, was redest du da denn bloß?« fragte sie mit ängstlichem Gesicht.

»Halt's Maul, sonst erwürge ich dich!«

Er öffnete seine Brieftasche, die der Vater aus weichem Schweinsleder genäht hatte. Neben dem Haus, dem Schuppen und zwanzig Dekar wertlosem Land war das die persönliche Hinterlassenschaft dieses Mannes, Jons liebstes Andenken.

»Ich kenn mich bei dir einfach nicht mehr aus«, sagte Elisabeth. »Du bist so unmöglich geworden.«

»Das war ich schon immer. Kannst du mir zweihundert leihen?«

»Natürlich. Aber dann sollten wir miteinander reden. Meinst du nicht, es wäre das beste, wenn du wieder deine Medizin nehmen würdest?«

»Nein.«

»Aber du bist doch immer unruhig. Und was für Gedanken wirbeln dir bloß durch den Kopf?« Sie reichte ihm die Geldscheine. »Die Medizin ist doch zu deinem eigenen Besten.«

»Du dopst dich, hast du gesagt, als ich sie genommen habe. Chemikalien sind schädlich, hast du gesagt. Mein Gesicht war total verquollen, und ich habe den ganzen Tag geschlafen. Weißt du das nicht mehr?«

Er ging, ohne ihre Antwort abzuwarten.

Im Keller fand er einen alten Regenmantel, den er im Hafen anziehen und bis zu seiner Rückkehr unter einem Paillettenstapel verstecken konnte. Er ließ sich am Fahrkartenschalter der Fähre einen Schein in fünfzig einzelne Kronenstücke wechseln und konzentrierte sich während der ganzen Überfahrt auf den Spielautomaten im Salon.

Bei der Landspitze im Süden der Insel toste das Meer. Die Pontons bewegten sich wie Kolben in den wilden Wellen auf und ab, und der Kapitän mußte das Tempo drosseln. Es wurde ruhiger, als sie in den Windschutz einiger kleiner Inseln kamen, aber das letzte Stück über den Fjord war wieder schlimm, und als sie im Hafen der Stadt anlegten, waren die Berge der Insel in den Wolken verschwunden. Die Fischereiflotte suchte Zuflucht im Hafen. Bald würden die Fähren den Betrieb einstellen, die Flugzeuge würden nicht mehr landen können. Ein zerfetzter Wimpel am Dach der Reederei knatterte wie Gewehrschüsse im Wind. Der erste Herbststurm hing schwer über dem Land.

Jon lief in den Windschutz der Lagerhäuser, ging durch das alte Kohlenlager und dann in die menschenleere Storgate. Die Zeitungsredaktion lag in einer Nebenstraße. Dort empfing ihn ein junger Mann in einem grauen Anzug und sah verlegen zu, wie Jon Wasser aus seiner Jacke schüttelte.

Der junge Mann sagte, Marit sei unterwegs zu einem Fußballspiel in der Nachbargemeinde, aber Jon entnahm dem verlegenen Blick, den er einem älteren Kollegen weiter hinten im Raum zuwarf, daß das nur eine Ausrede war.

»Na gut«, sagte er fügsam. »Dann komme ich später wieder.«

»Es kann länger dauern.«

»Das macht nichts.«

»Vielleicht Stunden.«

»Das macht nichts.«

Er kannte diese Miene. Sie gehörte einem ehrlichen Menschen, der versuchte, durch eine Lüge nett zu sein. Aber Jon war sein Leben lang verfolgt worden. Er war ein Hase und ein Opfer und kannte dieses Spiel. Er hätte sagen können, ihm sei klar, daß Marit ihn nicht sehen wollte, aber das wäre für den Humanisten peinlich gewesen.

Also ging er aus dem Haus und auf die andere Straßenseite, wo eine Baufirma ein Bürogebäude errichtete. Ein Gerüst war vor der Fassade aufgebaut. Er kletterte auf den zweiten Absatz und konnte sehen, daß Marit sich im ersten Stock der Redaktion über einen Schreibtisch beugte.

Er ging zu dem jungen Mann an der Rezeption zurück. Der verstand erst nach einer Weile, was Jon sagte.

»Sie ist unterwegs, habe ich gesagt. Sie arbeitet! Willst du das schriftlich haben?«

Beschämt verkroch Jon sich in einer Sitzecke neben der Tür und beschloß, sie um Entschuldigung zu bitten für die Szene im Dunkeln, auf der Insel, und für die Schwierigkeiten, die er hier machte.

Dann hielt draußen ein Wagen, und da war sie. In Hellgrau. In weiten, flatternden Gewändern, die aussahen wie Möwenflügel, hohen schwarzen Lederstiefeln, neuer Frisur und womöglich noch schöner als beim letzten Mal.

»Was ist denn los mit dir?« fragte sie besorgt und schüttelte ihn.

Jon war einen Moment lang weit weg gewesen.

»Nichts«, stammelte er.

»Du siehst so komisch aus – ist dir schwindlig?«

Jon dachte an die Frau, die er einen Stock höher an ihrem Schreibtisch hatte sitzen sehen, und an die abweisende Haltung des jungen Mannes im Anzug, die er so gründlich mißverstanden hatte. Auch Georgs Gesicht schob sich vor ihn, die Arbeit an der Wasserleitung und die Gestalt, die er vor langer Zeit unter dem Boot der Taucher im Wasser gesehen hatte.

»Ich habe mich geirrt«, sagte er lächelnd.

Mit flinken Fingern streifte sie die Handschuhe ab und knöpfte die grauen Gewänder mit den dunklen Wasserflecken auf den Schultern auf. Sie bewegte heftig den Kopf, eine Geste, die ihm schon neulich aufgefallen war, und die aus einer Zeit mit längeren Haaren stammen mußte. Jon mochte lange Haare. Er überlegte sich, daß sie Lisa ähnele.

»Sehen wir mal im Archiv nach?« fragte sie und packte energisch seinen Arm, schließlich war sie gewöhnt an den Umgang mit einfachen Leuten von der Küste, mit deren tiefsitzender Angst vor den Medien und der Öffentlichkeit.

Sie führte ihn durch eine eisenbeschlagene Tür und durch einen engen Flur mit hohen Schränken auf beiden Seiten. Sie öffneten Schubladen und durchblätterten eine Reihe von Umschlägen nach der anderen.

Es gab Zeitungsausschnitte mit Bildern von Lisa, die die Familie der Zeitung zur Verfügung gestellt hatte, als Lisa vor etwa über zwei Jahren verschwunden und gesucht worden war. Sie waren grau und unscharf und ließen sie fremd und alltäglich erscheinen, wie irgendein x-beliebiges Gesicht in der Masse. Auch ihr Vater war zu sehen, der alte Sakkariassen am Anleger vor seinem Sägewerk, in engsitzendem Overall über seinem riesigen Bauch. Er bat die Öffentlichkeit um Hilfe bei der Suche nach seiner Tochter, in

Kopenhagen, auf der Insel oder irgendwo dazwischen. Die Insel war nach ihr durchkämmt worden, aber wohl eher pro forma, da die meisten davon ausgingen, daß sie in Kopenhagen war.

Für Jon lag das alles im Nebel, er war damals krank gewesen, im Fieber abgetaucht. Und es war ja auch keine große Angelegenheit, auch wenn die vielen Zeitungsausschnitte diesen Eindruck erwecken mochten. Jedes Jahr verschwanden Hunderte von Menschen. Die meisten fanden sich wieder ein. Und von denen, die sich nicht wieder einfanden, galten nur wenige als Kriminalfälle; die anderen bedeuteten Tragödien, Menschen, mit deren Verschwinden fast schon gerechnet worden war: Alkoholiker, Selbstmörder, Trottel und Geistesschwache. Sie verschwanden rasch aus den Zeitungsspalten und gingen über in die Welt des Vergessens und der Tabus, wurden dann nur noch aus Versehen oder purer Taktlosigkeit erwähnt.

»Komm zurück, Lisa«, sagte die Inseljugend in einem größeren Artikel. »Wir lieben dich trotz allem!«

Dieses »trotz allem« war die Reue von Sündern und Quälgeistern. Durch diese Art von öffentlicher Beichte erteilten sie sich die Absolution.

»So ist sie nicht«, kommentierte er murmelnd die blödsinnigen Beschreibungen von Lisas vielen »guten Seiten«.

»Wie meinst du das?«

Er hätte antworteten können, daß ihre schönen Augen zum Beispiel nicht erwähnt worden waren, aber ihm gefiel das Lächeln der Journalistin nicht. Sie wartete die ganze Zeit darauf, daß er witzig oder rührend wäre, und auf jeden Fall ganz anders als die bedrohliche, selbstsichere Gestalt, an die sie sich von der Insel her erinnern mußte und die er so gern war.

»Ich habe auch Ausschnitte aus anderen Zeitungen gesammelt«, sagte sie. »Diese Geschichte war schon etwas Besonderes, ein Mädchen, das von hier nach Kopenhagen geht, um Ballettänzerin zu werden – das ist doch ziemlich außergewöhnlich?«

»Mm.«

»Und jetzt ist sie wieder verschwunden, habe ich recht?«

»Ich weiß nicht... nein, sie arbeitet irgendwo.«

»Bist du in sie verliebt?«

»Das ist doch nicht schlimm. Alle verlieben sich ab und zu einmal.«

Verliebt war ein schlechtes Wort. Das war die Krankheit, an der Elisabeth litt, diese langsame Erosion, die an der Inselgemeinschaft nagte, wenn die Dunkelheit der Nacht sich über sie senkte. Es hatte nichts mit ihm und Lisa zu tun. Er steckte die Ausschnitte wieder in den Umschlag und legte den Umschlag zurück ins Archiv.

»Willst du versuchen, sie zu finden?«

Ach, das wußte er nicht. Er war nicht deshalb gekommen. Im Moment wollte er vor allem weg von hier – hier war genauso wenig Beunruhigendes zu entdecken wie bei den Alltagsgeschäften der Taucher.

»Ich könnte dir helfen, sie aufzuspüren, vielleicht kommt doch etwas dabei heraus?«

»Wobei?«

»Bei der Story – wenn du nichts dagegen hast? Wir mischen uns nicht ungefragt in das Privatleben anderer ein.«

Er ließ die Gelegenheit ungenutzt, die Sache ein für allemal zu beenden.

»Vielleicht«, sagte er nur.

Sie hatte ihn wieder am Arm gepackt, und sie waren auf dem Weg nach draußen.

»Ihre Familie fand es also nicht gut, daß sie Tänzerin werden wollte?«

»Nein. Niemand fand das gut.«

»Konnte sie denn überhaupt tanzen?«

Er dachte nach. Doch, Lisa konnte tanzen, besser als alle anderen, aber vielleicht nicht so, wie die meisten es gut fanden. Und das war wohl auch ein Teil der Geschichte ihres ersten Aufenthaltes in Kopenhagen. Jon hatte das Gefühl, daß sie damals bei ihrer Rückkehr so ausgesehen hatte wie er jetzt – düster. Damals hatte er jedenfalls zum ersten Mal die Veränderungen in ihr wahrgenommen.

Er lungerte in den menschenleeren Straßen herum und wartete auf die nächste Fähre, er machte einen Bogen um Cafés und Wartesäle, und er hoffte, der Sturm werde seinen sinnlosen Besuch bei der Zeitung im Winde verwehen. Als ob so ein Archiv etwas von Interesse enthalten könnte! Aber damals war er eben krank gewesen, und er konnte sich an nichts mehr erinnern.

Vor dem Hotel erblickte er einen bekannten Rücken, Hans, der aus dem Foyer kam und zwischen den Speicherhäusern im Hafen verschwand. Jon ging hinterher und holte ihn am Anleger ein, wo der Lehrer im Windschatten eines Schuppens stand und ein Plakat studierte.

»Die Fähre geht nicht«, sagte er und fluchte, als Jon neben ihm auftauchte. »Willst du rüber?«

»Mm.«

»Sieht schlecht aus. Du hast also einen Ausflug in die Stadt gemacht, Jon?«

Ja, genau.

»Ja, es ist wirklich unglaublich, wie die Dinge im Leben so laufen. Ein Unwetter, und plötzlich steht alles auf dem Kopf...«

Und während der Lehrer mißgelaunt über das schlechte Wetter philosophierte, dachte Jon darüber nach, daß das also in den Augen seiner Schwester ein gutaussehender Mann war. Ein Schnurrbart, der genauso sitzt, wie sich das gehört, eine hohe, klare Stirn mit leicht eingesunkenen Schläfen, blaue philosophische Augen und eine so perfekt sitzende Nase, daß es schon wieder übertrieben wirkte. Niemals hatte irgendwer diesen Menschen ausgelacht, egal, wie viele Dummheiten er vielleicht begangen hatte – er hatte trotzdem eine Freikarte für das Leben. Jon dachte, wenn er jemals einen Menschen umbringen würde, dann so einen.

»Warum läßt du dich nicht scheiden?« fiel er Hans unmotiviert ins Wort. »Und heiratest Elisabeth?«

Der Lehrer sah aus, als könne er jeden Moment das Gleichgewicht verlieren und ins Wasser fallen.

»Was faselst du denn da? Sie hat dich doch bestimmt nicht gebeten, mir diesen Unfug zu servieren?«

»Nein, ich will das wissen.«

»Das kann ich mir denken. Du hast ganz schön viel Phantasie, mein Junge, das habe ich inzwischen begriffen.«

»Gut, daß du nicht mehr mein Lehrer bist, haha.«

»Ja, dem Himmel sei Dank. Und trotzdem möchtest du mich als Schwager?«

»Nein. Aber dann zieht sie nicht weg. Ich will nicht weg.«

Hans blickte ihn lange traurig an. Das Unwetter toste über der ganzen Strecke zwischen Insel und Festland, und das Meer schäumte wie ein pulsierender Wasserfall durch die Öffnung in der Mole. Auf dem Kai schob ein Gabelstapler seine Gabel unter eine Paillette mit Milchkartons, die im Kran der Fähre standen, und fuhr damit zum Anleger hinüber.

»Ja, ja, ich kann dich ja verstehen«, murmelte der Lehrer.

»Wer will schon alles verlieren, was er hat! Ich hoffe, du verstehst, daß mir das auch so geht.«

»Nein.«

»Dann eben nicht. Aber sei froh.«

»Wieso denn froh? Sie will dich doch, oder etwa nicht?«

»Als ob sie nicht wegziehen würde, egal ob sie mich kriegt oder nicht.«

Für Jon klang das wie der pure Unfug. Er machte ein fragendes Gesicht, und Hans erklärte geduldig, daß der Umzug mit der Sache gar nichts zu tun habe. »Der ist nur ein Vorwand, etwas, mit dem sie versucht, mich... äh... unter Druck zu setzen.«

»Meinst du, daß sie vielleicht doch nicht wegzieht?«

»Das weiß ich nicht.«

»Ja, aber was glaubst du?«

Der Mann blickte verzweifelt zum Kai hinüber, wo nun der Gabelstapler vom Anleger zurückkehrte.

»Sieht so aus, als ginge die Fähre doch«, sagte er. »Du könntest sie nehmen.« Er lächelte kurz. »Elisabeth gefällt es nicht mehr auf der Insel«, sagte er. »Sie will weg. Und ich soll mitkommen. Ob wir heiraten oder nicht, hat keinen Einfluß auf ihren Entschluß. Es kann sogar passieren, daß...« Er beendete diesen Satz nicht.

»Daß es besser ist, wenn ihr nicht heiratet?« fragte Jon ungeduldig und hoffnungsvoll. Aber das konnte der Lehrer nicht gemeint haben, denn jetzt sah er noch verzweifelter aus. Er ging los.

»Tu dir selber einen Gefallen«, sagte er über seine Schulter hinweg. »Hör auf zu denken. Das hier wirst du doch nie kapieren.«

Jon war noch nicht fertig.

»Wo willst du hin?« rief er. »Willst du nicht nach Hause?«

Aber Hans ging einfach weiter.

»Ich habe einen Jungen ins Krankenhaus gebracht, der sich auf dem Schulhof den Arm gebrochen hat. Und da seine Eltern bei diesem Wetter nicht kommen können, muß ich wohl hierbleiben. Bestell Elisabeth einen schönen Gruß!«

Jon ging unsicher durch den Sturm – hinter dem Gabelstapler her zum Anleger und an Bord. Es war noch immer keine sichtbare, greifbare Macht, die sein Zuhause einriß, nur die bekannte schleichende Erosion. Sie fraß das Erdreich um die Wurzeln der Pflanzen auf, verklebte die Blütenblätter mit nassem Sand und unberechenbaren Winden, Tag und Nacht, ob er nun still saß oder etwas machte. Wie eine Uhr.

Auch auf dieser Fähre gab es einen Spielautomaten. Während der Überfahrt gewann Jon zweiundfünfzig Kronenstücke, und seine Taschen waren schwer, als er an Land ging und in den wartenden Bus stieg. Soviel hatte er noch nie gewonnen. Ihm erschien das als ein gutes Zeichen.

8

Der Sturm wütete mehr als drei Tage. Das war ungewöhnlich lange. Und dann legte er sich so plötzlich, wie er losgebrochen war, und am selben Morgen verließ Jon in der Dämmerung das Haus und wanderte über seinen alten Arbeitsweg in Richtung Süden durch die Moore.

Bei Langevann hatten die Wellen tiefe Furchen in den Strand gegraben. Die Grassoden lagen mit dem Gras nach unten auf dem Boden, noch immer hing gelbweißer Schaum im Heidekraut, und der Stapel von Rohren, die Jon zurechtgesägt hatte, klebte zusammen wie ein Holzhaufen. Es war kalt und klar, eine goldene Sonne hing über dem Horizont. Die drei Männer saßen am Feuer.

Auch jetzt entdeckte Georg ihn als erster. Und er war so abweisend wie beim ersten Mal.

»Was willst du hier?« rief er.

Aber jetzt kannte Jon ihn. Er wußte, daß es zuerst der Sturm war und nicht er selber, der dem Taucher an den Nerven fraß. Er öffnete ruhig seinen Rucksack und zog eine Ölhose an. »Wir haben deinetwegen schon mehrere Tage verloren«, sagte Georg, reichte ihm aber gleichzeitig eine Tasse Kaffee.

»Ihr wärt ja doch nicht rübergekommen.«

Nein, das wären sie nicht. Das Boot lag weit oben im

Wald, und sie hatten die Baracke festgezurrt, damit sie nicht umgeworfen werden konnte.

Sie hatten auch die neue Wasserleitung füllen und versenken müssen, deshalb waren sie an diesem Vormittag vor allem damit beschäftigt, sie wieder zu heben und das Ende in das Becken zu schaffen, das am Ufer gegossen worden war. Sie schlossen es an das Netz an, das die Bauarbeiter im Sommer gelegt hatten, und später am Nachmittag fuhren Georg und Jon zum anderen Ufer.

Sie gingen in der Bucht an Land, wo die Rohre, die in mit der Felswand verbolzten isolierten Holzkästen steckten, endeten – und kletterten dann nach oben. Etwa zweihundert Meter über dem Wasserspiegel blieb Georg stehen und sah sich um. Er war an diesem Tag meistens stumm geblieben, aber Jon war davon ausgegangen, daß das am Wetter und an der Arbeit lag. Jetzt begriff er, daß der Taucher etwas anderes auf dem Herzen hatte.

»Warum bist du zurückgekommen?« fragte er ruhig, aber drohend.

Jon sah ihn an und gab keine Antwort. War das denn nicht einleuchtend?

»Um noch mehr Ärger zu machen?«

»Nein.«

Sie standen auf einem kleinen Sims, Georg einige Schritte höher. Unter sich hatten sie über hundertfünfzig Meter freien Fall. Unter ihnen trieben leichte Wolken; und der nördliche Teil des Sees, wo sich das Lager befand, war nicht mehr zu sehen. Jon hatte einen Schraubenschlüssel in der Hand.

»Es geht dem Ende entgegen«, sagte Georg vieldeutig.

»Ja?«

»Und ich will nicht, daß du mir das versaust.«

Das hatte Jon auch gar nicht vor. Er war hier, um dabei zu sein, das war alles, das konnte er beschwören.

»Du hast mich mit deinem Gewehr erschreckt, weißt du das?«

»Es war nicht geladen.«

»Das habe ich gemerkt.«

Dann kam etwas, womit Jon nicht gerechnet hatte. »Du hast den Kompressor ins Moor geschafft, nicht wahr? Ich gehe keinen Schritt weiter, bevor du mir nicht erzählt hast, warum.«

Jon blickte auf, blickte in der Wolkenschicht nach oben, blickte nach unten auf das schroffe Geröll. Er begriff, daß das alles so geplant war. Der Taucher hatte ihm eine Falle gestellt, um ihn zu einem Geständnis zu bringen.

»Ich hab' das gemacht, weil ich dachte, er würde wieder ausgegraben werden«, sagte er. »Ich dachte, die würden das Moor umgraben.«

»Und warum sollten sie das Moor umgraben?«

»Weiß ich nicht.«

»Nein?«

»Nein.«

»Weiß du, wieviel so ein Kompressor kostet?«

»Nein.«

In der Stille schienen seine Trommelfelle zu rascheln. Jon hörte nicht einmal seinen oder Georgs Atem – es war unerträglich.

»Hast du Angst?« grinste der Taucher.

»Nein. Ich habe einen Schraubenschlüssel in der Hand!«

Nicht Georg machte ihm angst, sondern die Ahnung all dessen, was noch kommen konnte.

Und dann brach der Taucher in blödes Gelächter aus und betrachtete die Landschaft, Meer und Meer, so weit die durch die Risse in der Wolkendecke zu sehen waren.

Schließlich drehte er sich einfach um und kletterte weiter nach oben. Jon wartete, bis sie zehn Meter auseinander waren, dann kletterte er hinterher.

Der See lag an die fünfhundert Meter hoch, eine kraterhafte Senke in der Felswand, die den Knotenpunkt für zahllose kleine Bäche bildete, von denen jeder aus seiner Klamm strömte. Der See maß im Durchmesser knappe hundert Meter, war aber tief genug, um Tausende von Menschen mit seinem Wasser zu versorgen; ein smaragdgrüner Kreis, der wie ein künstliches Auge in der Granitfläche wirkte.

Am Auslauf war ein niedriger Vorsprung gegossen worden, und darunter lag ein Häuschen für die Ventile. Sie lagen auf allen vieren in den Moränenmassen und zogen die Bolzen im Flansch an. Der Taucher zog, Jon hielt fest.

Der Taucher war guter Stimmung.

»Nichts ist so schön, wie mit einem Job fertig zu werden«, sagte er. »Das macht einfach Laune.«

Er sagte, er arbeite schon über sechzehn Jahre so. Er sei überall gewesen, nicht nur in Norwegen, sondern auch im Ausland, in Indien, Itapu...

»Was ist Itapu?« fragte Jon.

»Ein künstlicher See in Südamerika. Er ist größer als diese ganze Insel hier. Tausende von Menschen haben da rund um die Uhr gearbeitet. Ich war damals nur ein unerfahrener Anfänger, bei einer Firma, die dort Messungen vornehmen sollte.«

Er wischte sich den Schweiß ab und sagte, er werde wohl langsam alt. Es sei ein harter Job. Ob Jon zum Beispiel die durchschnittliche Lebenserwartung eines Tauchers in der Nordsee bekannt sei?

»Nein.«

Georg redete wie bisher noch nie – über sich und dieses unstete Leben. Jon begriff, daß das irgendwie mit dem Abschluß der Arbeiten zu tun hatte, der die Stimmung lockerte und der auch das geheimnisvolle Schweigen brach, in das dieser Mann sich gehüllt hatte, seit sie sich kennengelernt hatten. Es schien eine Ewigkeit her zu sein, daß sie, nachdem Rimstad sie wegen des verlorenen Kompressors zusammengestaucht hatte, nach Feierabend Rohre zusammengeschweißt hatten.

»Endlich!« sagte der Taucher mit übertriebener Erleichterung in der Stimme, als sie mit dem letzten Bolzen fertig waren. »Und jetzt öffnen wir die Ventile, was?«

»Mm«, sagte Jon.

»Das kannst du machen, du hast ja schließlich den Schraubenschlüssel – haha. Du bist verdammt noch mal der größte Trottel, der mir je über den Weg gelaufen ist, Jon.«

Jon setzte sich rittlings auf ein Rohr und nahm die Messingspitze des Ventils in den Schraubenschlüsselgriff. Georg rief per Walkie-talkie Pål an und erhielt grünes Licht. Jon konnte zwei feierliche Umdrehungen mit seinem Werkzeug machen – und im Rohr war ein leises Rauschen zu hören.

»Und jetzt nimmst du das andere.«

Jon nahm das andere. »Noch zwei Umdrehungen«, sagte Georg. »Und noch zwei am ersten. Dann wartest du, bis es nicht mehr rauscht.«

Er wartete. Pål meldete sich ab und zu per Walkie-talkie, um zu erzählen, daß alle Verbindungsstellen hielten. Georg grunzte kurz »gut«. Zwanzig Minuten vergingen. Dann verstummte das Rauschen. Jon konnte die Ventile ganz aufdrehen – voller Druck.

Fünf Minuten vergingen.

»Ja!« sagte Pål per Walkie-talkie.

Georg lächelte breit. Er klopfte mit den Fingerknöcheln auf das eine Rohr und erklärte stolz, die Arbeit sei getan, jetzt könnten die Bauunternehmen und die lokalen Leute übernehmen, sowohl die Verantwortung als auch die restlichen Grabungsarbeiten. Sie könnten gehen, packen, aufbrechen...

Beim Abstieg blieb er wieder auf dem Sims über dem schwindelnden Abgrund stehen, jetzt als neue, geläuterte Persönlichkeit. Durch einen Spalt in der Wolkendecke sah er einige Fischkutter, die weit draußen auf dem Meer im Sonnenlicht gebadet wurden. Der Taucher holte tief Luft, und Jon erlebte plötzlich dermaßen heftig seine eigene Welt durch fremde Augen, daß es ihm eine Gänsehaut über den Rücken jagte.

»Ich habe gesehen, daß wieder Heringe gefangen werden«, sagte Georg. »Gibt's denn überhaupt noch welche?«

»Ja«, sagte Jon. »Die fangen viele.«

Er erklärte, wo die besten Gründe lagen und wie der Hering gefangen wurde – Zugnetze waren jetzt verboten. Und der Taucher nickte interessiert. Er wollte gern ein Faß mit nach Süden nehmen, ob Jon das für möglich halte?

»Ja, das kann ich dir besorgen«, sagte Jon.

Georg lächelte und dachte nach.

»Hör mal, Junge«, sagte er ernst. »Was ist dein größter Wunsch?«

»Jemanden zu retten«, sagte Jon, ohne sich zu überlegen, daß er damit sein Lieblingsthema verriet, aber so war die Frage des Tauchers nicht gemeint gewesen – der wollte von seinem eigenen Wunsch sprechen, wollte Jon das Versprechen abzwingen, nicht noch mehr Ärger zu machen, ihnen keine weiteren Steine in den Weg zu legen. Im Gegenzug versprach er, den Kompressor zu vergessen. Das ging zwar auf Rechnung der Gemeinde, aber egal – war das nun abgemacht?

»Doch«, sagte Jon. Das war wohl abgemacht.

»Gut. Dann verabschieden wir uns schon heute abend...«

»Und der Hering? Ich bringe dir den Hering morgen.«

Irgend etwas stimmte nicht mit dieser plötzlichen Geschäftsmoral, und Jon improvisierte in aller Eile.

»Nein, nein«, sagte der Taucher. »Das ist nicht nötig. Die Mühe brauchst du dir doch nicht zu machen...«

»Das ist keine Mühe.«

»Doch, ist es wohl. Ich kann das selber erledigen.«

»Kannst du nicht. Du kennst hier niemanden. Du weißt nicht, wie das läuft.«

Der Taucher lächelte.

»Wenn du meinst. Natürlich bezahle ich dich. Und noch eins, wo wir schon dabei sind: Wenn dich die Lust überkommt, jemandem etwas zu erzählen, eine ›Sage‹ zum Beispiel, über uns und die Arbeit hier draußen... dann... dann laß es, ja? Oder warte wenigstens, bis wir weg sind.«

»Warum denn?«

»Wir hatten in der letzten Zeit einige Probleme. Und mehr wollen wir jetzt nicht. Wir sind fertig. Wir sind schon lange genug hier. Okay?«

»Okay.«

»Gut. Ich weiß, du hältst mich für ein Arschloch. Ich habe dich nicht viel besser behandelt als die anderen, aber nicht ich habe dich gefeuert, sondern Rimstad; ich habe ihn gebeten, dich behalten zu dürfen.«

Jon nickte. Er fragte: »Warum soll ich keine Sagen erzählen?«

Der Mann starrte ihn ungläubig an, verwirrt und außer

sich vor Irritation, wie damals, als er nicht wußte, welchen Weg er durch das Moor nehmen sollte.

»Wir waren uns doch einig!« schrie er. »Eben erst!«

Jon lächelte zögernd.

»Oder etwa nicht?«

Jon lächelte.

Der Taucher sagte: »Du bist wirklich verrückt, oder vielleicht nicht?«

»Das hast du gesagt. Und dann wird es wohl stimmen.«

Der Mann starrte ihn an, als wolle er die vielen Schichten entzündeten Fleischs wegreißen, die Jons Wesen verbargen – er wollte eine Antwort. Aber er bekam keine. Nichts würde passieren. Nichts passierte.

Wieder sahen sie sich die gewaltige Aussicht an. Stumm. Der Taucher entdeckte diese melancholische Schönheit erst jetzt. Man setzt sich im Land fest und sieht es erst, wenn alles vorbei ist, wenn man aufbrechen muß und wenn sich das Bild mit tiefer Sehnsucht einfärbt. Zum Verrücktwerden. Jon wäre fast in Tränen ausgebrochen. Er dachte verzweifelt an den alten Nils mit seinem elenden Leben, das dort draußen in den Fischgründen verstreut lag, dachte daran, daß sie schon lange nicht mehr zusammen auf dem Stein am Ebbestrand gesessen und den Möwen zugesehen hatten. Am nächsten Morgen wollte er hingehen, so schnell wie möglich, ehe auch der Alte verschwand, senil und vom Vergessen zerfressen, aber vielleicht doch die letzte menschliche Erinnerung an das Leben, wie es auf der Insel einmal gewesen war und wie Jon es sich wünschte.

Unten im Lager trug Pål zu seinen Jeans einen Schlips. Eine Sektflasche und Gläser standen auf dem Schachtdeckel. Und für den Rest des Tages saßen sie am Becken und tranken, blickten auf Verbindungen und Ventile hinunter, suchten sie sorgfältig nach Wassertropfen ab und hörten dem Rauschen zu. Sie sahen nichts und hörten nichts. Alles war so, wie es sein sollte.

9

Plötzlich fegte ein trockener Fön über die Insel, wie ein Buschfeuer mitten im Herbst. Das braune Gras wogte um seine Füße, als er nordwärts zum Sägewerk ging, um Hering zu kaufen. Er hatte Migräne. Er dachte an die alte Katze zu Hause, ein Raubtier, aus dem die Gicht ein Möbelstück gemacht hatte, bei dem die Vergangenheit nur an hellen Frühlingsabenden noch ab und zu sichtbar wurde. Er überlegte sich, ob die Katze zu etwas verwendet werden könnte, ob sie in seine neuen Pläne hineinpaßte.

Jon hatte jetzt viele Pläne. Unter anderem schaute er bei Nils und Marta vorbei und versprach, später an diesem Tag noch einmal zu kommen. Er glaubte, den Alten in der nächsten Zeit zu brauchen, jetzt, wo die Arbeit bei den Tauchern zu Ende war und fast alles um ihn herum in Auflösung begriffen war.

Es tat gut, wieder einmal das Sägewerk zu besuchen. Er hatte das Gefühl, seit Jahr und Tag nicht mehr hier gewesen zu sein.

Gerade ankerten zwei Fischkutter am Anleger und lieferten ihren Fang ab. Überall lagen Fischschuppen herum, auf dem Boden, auf Kästen und Kränen, glänzende Heringsschuppen an Menschen und Booten, wie in der prosperierenden Zeit, von der immer wieder die Rede war, vor fünfzehn oder zwanzig Jahren. Überall Leben und Bewegung. Weißangestrichene Tische waren vor der Sälzerei aufgestellt worden, Männer und Frauen in blutigen Schürzen kehlten aus und zerschnitten, salzten und spülten Kästen, füllten sie mit Lake und rollten Tonnen über den nassen Betonboden hin und her.

Noch war der Hering revolutionär im trägen Jahresrhythmus. Die Menschen kamen aus ihren Häusern, ließen ihre Traktoren stehen, verließen Straßenarbeit und Hausbau, um weiße Schürzen vorzubinden und Stunde um Stunde und Tag für Tag mit Hering und Salz zu arbeiten – vielleicht zwei Wochen, je nachdem, wie lange die Behörden brauchten, um zu registrieren, daß die Fangquoten längst überschritten waren.

Jon grüßte nach links und rechts. Er kannte alle. Er lauschte hingerissen dem Lachen und den lauten Unterhaltungen, dem Geräusch des sprudelnden Wassers, den brummenden Bootsmotoren, einem Radio, das knisternd die neuesten Nachrichten mitteilte, sah einen Gabelstapler mit riesigen Salzkästen auf der Gabel umherfahren; Kräne kreischten und leere Kästen warfen ein Echo; über Booten und Anleger hingen Wolken von schreienden Vögeln.

Er war wieder da. So sah das Leben in seinen Träumen und seiner Erinnerung aus.

Er ging die Treppe zur Böttcherei hoch, und der Geruch von frischem Faß schwebte ihm entgegen, von neuen Fässern, gewachsten Fässern, alten ungewachsten und von Salz und Rost und Blut braun gefärbten Fässern, von Fischkästen und Netzhaufen, von Flottholz, Tang und ranzigem Tran; die Dunkelheit war erfüllt von Getöse und Hammerschlägen, und ewig flatterten die Möwen vor der Öffnung am anderen Ende hin und her. Das war wirklich eine große

Dosis Kindheit, so, wie es sich für eine heile, sichere Welt gehörte.

Der alte in Jeans gekleidete Böttcher schaute auf und lächelte zahnlos.

»Ich brauche ein Viertelfaß«, sagte Jon.

Und als sie sich begrüßten und die üblichen Bemerkungen über das schlechte Wetter und die gemeinsamen Bekannten ausgetauscht hatten, sagte der Alte, er habe keine Viertelfässer mehr.

»Heute sind nur noch ganze Fässer gefragt.«

Aber Jon ging in eine Ecke, schaufelte altes Tauwerk beiseite und zog ein Bündel Viertelfaßstäbe hervor, die ganz hinten unter den Dachsparren versteckt gewesen waren. Er kannte auf diesem Dachboden jeden Winkel. Hier hatte er sein Diebesgut verspeist, zusammen mit Lisa, als sie ihre Milchzähne verloren und das endgültige Gerichtsverfahren planten, die Rache an allen, die sie quälten und ermahnten, an Erwachsenen und anderen. Hier wurde ihr bißchen Jugend in Ruhe gelassen, sie konnten auch ein wenig erwachsen sein und brauchten keine Repressalien zu fürchten.

Er erkannte die Schwalbennester unter dem Gipfel, die graugrünen, halbverfaulten Hanfnetze, mit denen sie sich gegenseitig gefangen hatten, geteertes Tauwerk, Zugnetze, Seile und Reusen in einem ausgestorbenen Regenwald, wo die abenteuerlichen Gestalten einst in tiefem Schweigen gelebt hatten. Hier gab es Haufen von Flottholz, aus dem sie die Zukunft lesen konnten, Schwimmer, um nicht unterzugehen, Bambusstäbe, mit denen sie fechten und sich verteidigen konnten, Luken, aus denen sie Häuser bauten. Schnapsflaschen mit Zaubertränken und Wunderelixieren, es gab Tonnen und Korken und Haken und Pflugsohlen und Bodenbretter und Zuber, abgenutzte alte Geräte, von denen jedes seine einzigartige Geschichte hatte. Und unter allem dröhnte die Maschinerie des Tages, Hering, Arbeit und Werte.

»Hier ist es«, murmelte Jon andächtig. »Wo steckt eigentlich der Alte?« – Gemeint war Fabrikbesitzer Sakkariassen, Lisas Vater.

»Ja, was glaubst du wohl?« fragte der Böttcher. Das Viertelfaß sah zwischen seinen riesigen Fäusten aus wie eine frischgeöffnete Blüte. Er hielt widerspenstige Dauben zwischen den Knien und preßte sie in ein Faßband, das er dann behutsam festnagelte. »Er macht nicht mit, tut er ja nie.«

»Nicht einmal jetzt, beim Hering?«

»Nicht einmal jetzt. Er hat sich den ersten Fang angesehen und ein paar Heringe gewogen, um sich ein Bild von ihrem Gewicht zu machen. Dann ist er wieder gegangen. Aber was spielt das schon für eine Rolle, es läuft doch alles ganz von selbst.«

Er befestigte das letzte Faßband. »Vielleicht lebt er wieder auf, wenn das neue Wasser kommt. Ein Fischereibetrieb mit genug Süßwasser ist viel wert, selbst heute noch.«

Jon stutzte.

»Will er denn verkaufen?«

Der Alte legte den Kopf schräg.

»Wer weiß? Es wird soviel geredet, aber niemand weiß Genaues.«

Jon lächelte. Wenn jemand etwas wußte, dann der Böttcher. Er wohnte schon sein Leben lang in Sakkariassens Haus und kannte alle Geheimnisse des Betriebes, die finanziellen wie die menschlichen. Aber er knauserte mit seinem Wissen, er mußte gekauft, angefleht oder ausgetrickst werden, und eigentlich interessierte Jon das alles nicht weiter.

Er beförderte einige alte Seeigel mit einem Tritt aus der Öffnung und zog sich dreimal am Aufzugsbalken hoch. Das ging jetzt so leicht wie früher. Lisa war auch hier, überall und nirgends, hübsch und mit dunklen Augen.

»Hier«, sagte der Böttcher und rollte das kleine Faß über den Boden. »Das muß noch quellen. Hast du selber Netze draußen?«

»Was? Äh... ja.«

»Den Hering kaufst du also nicht hier?«

»Nein.«

»Dann schreibe ich nur das Faß auf.«

Jon hätte nicht herkommen sollen. Es war zu viel. Er war zu dicht dran.

Er nahm das Faß und ging zum Anleger. Dort traf er einen Vetter zweiten Grades, der gerade von der See kam und ihn abends mit hinausnehmen wollte – dann konnten sie noch weitere Netze auslegen. Und einen Moment lang spielte er tatsächlich mit dem Gedanken, mitzufahren. Er war ja gern auf dem Meer, solange das nicht zum Beruf wurde. Aber er hatte zuviel anderes im Kopf. Er würde es nicht schaffen.

Er hatte das Gefühl, als habe sich sein ganzes Leben da oben auf dem Böttcherboden abgespielt, jedenfalls der wertvolle Teil seines Lebens. Er wußte noch, daß Lisa einmal gesagt hatte, er habe Schlangenaugen, nicht, weil das stimmte, sondern weil sie wenig Phantasie hatte. Er dachte an die Beerensträucher im großen Garten, mit ihren vielen schwarzen und roten Johannisbeeren und Stachelbeeren, er sah Lisas schmale weiße Hand mit der ruhigen Zeichnung der Adern, die zwischen die nassen, duftenden Dolden glitt und sich um die saftigen Dolden schloß, jeden Herbst immer wieder. Im Winter schnitten sie Fischzungen ab, sie trieben den Fisch, hängten ihn auf Trockengestelle, bündelten Rücken und fädelten Kabeljauköpfe auf, auch das immer wieder, in einem sich wiederholenden Ritual. Sakkariassen sorgte immer dafür, daß sie etwas *taten,* wenn sie unbedingt zusammen sein wollten; Beschäftigung, damit ihre Hände sich nicht berührten und ihre Körper unlenkbar würden. Sie hatte Brotkrümel in der Schürzentasche, grüne Bänder im Haar, ihr Atem duftete nach alle Poesie, die er sich überhaupt vorstellen konnte, vor allem nach Heidekraut und Blumen und Meer... ihre Haut war unter seinen harten Fingerspitzen so glatt und weich wie ein Möwenflügel; er spürte sie fast nicht, so fest er auch zudrückte, er mußte lecken, saugen und sie feucht machen...

Wie benebelt verließ er das Sägewerk. Mit dem Faß unter dem Arm. Gejagt von Erinnerungen und der manischen Wärme des Föns. Wie benebelt traf er bei Nils ein. Sie machten einen kurzen Spaziergang, aber dann wurde er ungeduldig und wollte nach Hause, ließ sich nicht einmal die Zeit, Martas frischgebackene Waffeln zu probieren. Er versuchte, sich wieder auf die Katze zu konzentrieren, auf seinen an den Haaren herbeigezogenen Plan, der keine richtige Form annahm. Aber es gab nur Lisa Lisa Lisa... Die Migräne wurde immer noch schlimmer.

Das Medizinschränkchen im Badezimmer war abgeschlossen, versperrt mit einem Eisenriegel und einem Hängeschloß, er selber hatte den Schlüssel ins Meer geworfen. Er bahnte sich mit der Metallsäge einen Weg und aß, was er finden konnte, nicht zuviel, aber genug, um für eine Weile weit fort zu sein.

Sie war trotzdem da, deutlich und dicht bei ihm, aber unter dem Schutz der Medikamente war dieser Eindruck milder. Jedenfalls war er erträglich.

10

Das neue Wasser mußte gefeiert werden.

Auf dem Sportplatz wimmelte es nur so von Fahrzeugen und Menschen. Breite Bretter lagen auf Böcken und waren bedeckt mit Papierbahnen, Limonadekästen, Kuchen- und Butterbrotteller. Sonnenschirme und Planen schützten alles vor dem Regen. Der Gemeindeingenieur war in einem nassen Anzug da, der Bürgermeister trotzte dem kalten Herbst mit bloßem Kopf; Schulkinder und Lehrer waren klassenweise hinter einer symbolischen Absperrung aus Crêpepapier aufmarschiert, von der bereits die Farbe tropfte. Und die Medien, Marit mit der Kamera unter einem modischen Regenmantel und ein Mann mit Mikrophon, Kopfhörern und einem Tonbandgerät. Ein ganzes Dorf unter einem offenen Brunnen von Himmel.

Elisabeth stand mit ihren beiden Freundinnen frierend vor den Schulklassen. Hans hatte sich mit seiner betrogenen Krankenschwester unter einen umgestülpten Regenschirm gequetscht, auch er kehrte seiner Klasse den Rücken. Georg und Pål trugen zur Feier des Tages ihre Taucheranzüge. Und mitten auf dem Platz wuchs ein einzelnes Kupferrohr aus dem Lehm, und dieses Rohr war von einem mit einer roten Schleife verzierten Messinghahn gekrönt – das neue Wasser!

Jon stand ganz vorn. Na ja, vielleicht nicht ganz vorn, aber auf jeden Fall so ziemlich in der Mitte; er hatte nicht nur seinen Teil zum Wasser beigetragen, sondern er hatte auch eine teure Videoausrüstung über der Schulter, gut geschützt durch eine Plastikhülle mit rotgoldener Kaffeereklame.

In der Mitte des Platzes standen zwei Fischkästen, und als der Bürgermeister sich ins Mikrofon geräuspert und einige einführende Sätze gesagt hatte, stieg der Taucher Georg, vor Jons summendem Auge im Nacken, auf diese Kästen. Er nahm seine Taucherbrille ab und erzählte der Versammlung, daß das Projekt physisch und psychisch eine große Herausforderung gewesen sei, eine Pionierarbeit. Er zählte die Schwierigkeiten auf, Wetter, Transport und Geographie. Aber jetzt, endlich, sei das Wasser da. Die Versammlung applaudierte.

Feierlich ging er in seiner hinderlichen Tracht über den Platz und blieb vor Jon und dessen Kamera stehen.

»Ja, Jon«, sagte er munter, während Gemeindeingenieur Rimstad im Hintergrund auf die Kästen stieg. »Ich muß schon sagen, es gefällt mir besser, wenn du mit dem Dings da auf mich zielst. Ziemlich starke Kamera!«

»Ja«, sagte Jon und richtete die Linse auf Rimstad.

»Woher hast du die?«

»Gekauft.«

»Hm. Die war doch sicher teuer?«

»Ja.«

»Ja, ich muß schon sagen.«

Was der wohl heute auf dem Gewissen hatte, fragte sich Jon angesichts dieser inhaltslosen Freundlichkeit.

Auch Rimstad war jetzt barhäuptig, er hielt einige nasse Bögen in der einen und eine erloschene Zigarette in der anderen Hand. Er war klein und heiser und ausschweifend und ernst; es sei seine bittere Aufgabe, ein wenig Schierling in den Becher zu gießen, sagte er. Die Wasserrohre, die dieses strukturlose Wirrwarr zu einer Gemeinde vernetzen sollten, seien nicht länger gekommen als bis hierher – er zeigte nach unten –, nur Schule und Bürgermeisteramt seien angeschlossen, die Verzweigungen mußten noch gelegt werden, und gerade das kostete Geld. Die Leute sollten sich ja nicht einbilden, die Insel bestehe nur aus Moor und Heide und Sand – nein, hier gab es harte Felsen, wo immer man einen Finger in den Boden steckte; hier mußte gebohrt und gesprengt und weggeschafft werden, es würde Jahr und Tag und mehrere Etats benötigen. Aber immerhin sei nun der Anfang gemacht, eine Bresche war in die Mauer aus Vorurteilen und Traditionen geschlagen, und irgendwann in der Zukunft würden alle Wohnhäuser, Ställe und Betriebe Wasser haben, reines und funkelndes Süßwasser aus dem smaragdgrünen Auge im Gebirge, nicht den braunen Schleim, der bisher in den Brunnen verrottete. Es sei wirklich ein wichtiger Tag.

Mehr Applaus.

Dann war der Bürgermeister an der Reihe. Er sprach laut und schrill über Finanzen und Verwaltung; der Staat übernehme fünfundsechzig Prozent der Ausgaben, schrie er, die restlichen fünfunddreißig Prozent müsse die Gemeinde sich aus ihrer eigenen Brust saugen, was die Zustände wieder auf denselben Stand wie nach Kriegsende gebracht hätte, falls diese gelinde Übertreibung hier erlaubt sei. Etliche Altenbetreuerinnen, Melker und Hilfsarbeiter hatten sich nach anderer Arbeit umsehen müssen, hier gab es nur noch wenig Geld für Straßenarbeiten und noch weniger für die Wartung des alten Fähranlegers und den Ausbau des neuen, der Wagen der Feuerwehr war fast schrottreif, und die neue Radioanlage für das Altersheim würde wohl noch einige Zeit süße Zukunftsmusik bleiben. Aber alle Betriebe brauchten Wasser. Und wenn sich auf der Insel neue Betriebe installieren sollten, dann war Wasser eine Notwendigkeit. Wasser war das lebensspendende Blut, das der Insel neue Wirtschaftszweige und neue Hoffnung zuführen würde. Venu vici viri!

Und unter allen Augen wurde ihm eine Schere in die Hände gedrückt, er schaute kurz zum regenschweren Himmel hoch und zerschnitt dann die rote Schleife am Kupferrohr, worauf blankes Wasser in den lehmigen Kies hinabströmte.

Applaus und Beifallsgeschrei. Jon filmte. Marits Blitzlicht leuchtete auf, der Kollege hielt sein Mikrophon in die Luft. Der Rektor gab ein Zeichen, und die Schulkapelle schmetterte einen Marsch. Danach sangen die Kinder ein Lied, und die Plastikfolie wurde von den Schüsseln gerissen.

Marit ließ ihren Kollegen vom Lokalradio stehen und kam zu Georg und Jon herüber. Sie lächelte unsicher, als er ihr Gesicht filmte.

»Keine Angst«, sagte er beruhigend. »Beim ersten Mal sehen alle blöd aus.«

»Ich höre, daß du nicht ohne Verdienst an den heutigen Ereignissen bist?« fragte sie freundlich.

»Neeee...«

»Ganz recht«, sagte Georg. »Er war beim wichtigsten Teil der Arbeit dabei. Ja, ohne Jon hätten wir dieses Fest wohl noch um einige Tage verschieben müssen.«

Jon verhielt sich wie immer, wenn er gelobt wurde.

»Aber ich hab seinen Kompressor ruiniert«, sagte er.

»Was?« fragte Marit.

»Ich hab seinen Kompressor ruiniert.«

Marit verstand das nicht.

»Ich kann vielleicht ein Bild von dir machen, zusammen mit...«

»Alles klar«, sagte Jon.

Er und Georg standen steif nebeneinander. Es paßte dem Taucher offenbar nicht, daß Jon den Kompressor erwähnt hatte, er sagte jedoch nichts.

Kaffee und Kringel, die die Abschlußklasse in der Schulküche gebacken hatte, wurden serviert. Sie griffen eifrig zu – vor allem Jon – und unterhielten sich beim Essen schleppend über die Videokamera. Hans, der seinen jüngsten Sohn huckepack trug, gesellte sich zu ihnen und lobte ebenfalls Jons Leistung. Bald darauf tauchte auch der Radioreporter auf und sprach den Lehrer an – er sitze doch im Gemeinderat, nicht wahr?

»Ja.«

»Ich interessiere mich für die finanzielle Seite des Projekts«, sagte er und hielt das Mikrophon zwischen sie. »Es geht doch um riesige Summen.«

»Stimmt«, Hans lächelte.

»Und trifft es wirklich zu, daß diese Wassergeschichte dazu geführt hat, daß so gut wie alle anderen Gemeindeprojekte nun jahrelang auf Eis gelegt werden müssen?«

»Äh... ja. Man hat wohl keinen genauen Überblick über die Konsequenzen gehabt.«

»Aber die Kosten sind doch sicher durchgerechnet worden?«

»Die Ausgaben, ja. Aber bei den Einnahmen haben wir uns geirrt. Unsere Steuereinnahmen sind gering.«

»Das ist ja wohl in allen Gemeinden mit primären Erwerbszweigen der Fall, und soviel ich weiß, ist das Steueraufkommen nicht geringer gewesen als erwartet. Außerdem: Ein neuer Fähranleger ist doch zweifellos wichtiger als Wasser? Vor allem, wenn man zehn neue Anleger für den Preis einer einzigen Rohrabzweigung haben könnte.«

»Wir brauchen keine zehn Fähranleger«, sagte Hans sauer. »Und ich wüßte gern, woher deine Zahlen stammen!«

Der Reporter teilte mit, woher seine Zahlen stammten, und es klang wirklich beeindruckend.

Jon interessierte sich nicht für Politik und Ökonomie, aber es interessierte ihn, daß Hans im Laufe des Gesprächs immer verlegener wurde.

»Im Vergleich mit der neuen Schule im Inselinneren...«

»Eine weitere Fehldisposition, meinst du?« fiel der Lehrer ihm ins Wort. »Sag mal, ist das hier ein Interview?«

»Warum nicht? Fünf Millionen Baukosten, vier Lehrerstellen – für acht Schüler?«

»Es sind mehr.«

»Acht. Für die nächsten sieben Jahre. Und fünf davon sind Kinder der Lehrer.«

Hans verdrehte die Augen und drehte sich halb weg. Jon fand es schade, daß der Reporter keine Filmkamera hatte. Er ließ seine eigene an, was den Lehrer sichtlich ärgerte. Aber Hans riß sich zusammen und erzählte dem Reporter von distriktpolitischen Rücksichten und um wieviel teurer ein Schulbus käme. Außerdem habe er gedacht, sie wollten hier den endgültigen Durchbruch in einem Hauptanliegen der Küstengemeinden feiern – nämlich dasselbe Recht auf sauberes Wasser wie das übrige Land es genoß. Warum ging der Reporter nicht lieber zum Staat und warf dem seine Verantwortungslosigkeit vor?

»In diesem Moment möchte ich lieber wissen, wie die Gemeinde die Mittel verwaltet, die sie ja trotz allem hat«, sagte der.

»Als ob wir eine Wahl hätten.«

»Die hattet ihr.«

»Fünfundsechzig bis fünfunddreißig ist vielleicht eine verlockende Zahl«, sagte Hans außerhalb der Reichweite des Mikrophons, drehte sich um und ging.

Jon hatte das letzte nicht begriffen.

»Er glaubt, daß das Wasser vergiftet ist«, lachte der Taucher. »Himmel, was bin ich froh, daß ich hier fertig bin.«

»Vergiftet?«

»Ja, du wirst schon noch sehen, daß die ganze Insel an Wasservergiftung zugrunde geht. Haha. Übrigens, danke für den Hering. Ich hab' ihn schon nach Süden geschickt. Jon hat mir ein Faß Heringe besorgt«, erklärte er Marit.

Die lächelte. Und während Georg neuen Kaffee und weitere Kringel holte und Jon seine Kamera in der Tüte verstaute, nutzte sie die Gelegenheit und flüsterte geheimnisvoll: »Hast du meinen Brief bekommen?«

»Deinen Brief?«

»Ja, ich habe ihn letzte Woche abgeschickt. Offenbar weiß niemand, wo Lisa steckt. Die Polizei hat keine Ahnung. Die Familie behauptet, sie sei bei Verwandten, aber da kann ich sie nicht erreichen.«

Jon erkannte entsetzt, daß vermutlich er der Grund für diese Neugier war.

»Vielleicht sollten wir versuchen, mit ihrem Vater zu sprechen?« schlug sie vor und sah sich in der Menge um.

»Der ist nicht hier«, sagte Jon. »Der bleibt zu Hause und geht nicht unter die Leute.«

»Ist er krank?«

»Äh, ja.«

Georg kam mit einem Teller mit Broten und einem zusätzlichen Pappbecher mit Kaffee zurück, den er Marit reichte. Unter seinem Taucheranzug trug er gutsitzende Reisekleidung, er hatte sich den Bart abgenommen, und sein halbes Gesicht war weiß. In diesem Moment stieß ein Kind den Kessel mit dem Johannisbeergrog um, und die Umstehenden versuchten schreiend, den roten Spritzern auszuweichen. Jon sah, daß der Radioreporter jetzt Rimstad interviewte. Im Hintergrund verabschiedete Elisabeth sich von einer Freundin. Er ließ den Taucher und Marit stehen und lief hinter Elisabeth her.

»Hast du einen Brief weggenommen, der für mich war?« fragte er, als sie ein Stück weit gegangen waren.

»Warum kommst du mir jetzt damit?« fragte sie mürrisch. »Siehst du nicht, daß ich deprimiert bin?«

Das war Jon nicht aufgefallen, aber er wußte, daß es etwas mit Hans zu tun haben mußte.

»Ja, ja, er war mit seiner ganzen Familie da«, sagte er teilnahmsvoll. »Mit Frau und Kindern. Vier Kindern – das sind einfach zu viele.«

Elisabeth lachte.

»Du bist viel hübscher«, sagte Jon dann. »Deshalb brauchst du doch nicht traurig zu sein. Hast du einen Brief an mich weggenommen?«

Sie hatte seinen Arm gehalten. Jetzt ließ sie ihn wieder los.

»Ich habe ihn doch nicht weggenommen!« sagte sie. »Ich nehme dir nie irgendwas weg. Der lag im Briefkasten, und ich habe ihn wie immer in den Korb auf dem Kühlschrank gelegt. Da ist er sicher immer noch, wenn du ihn nicht selber herausgenommen hast.«

Jon hatte im Korb auf dem Kühlschrank nachgesehen – zuletzt an diesem Morgen, nachdem Elisabeth ihn wachgerüttelt hatte – dort hatte kein Brief gelegen, aber er wußte, daß das später am Nachmittag der Fall sein würde.

»Na gut«, sagte er. »Und sind schon früher Briefe gekommen, aus Kopenhagen zum Beispiel?«

»Aus Kopenhagen? Erwartest du einen Brief aus Kopenhagen?«

»Nein, aber vielleicht ist ja trotzdem einer gekommen.«

»Nicht, daß ich wüßte.

»Ganz sicher?«

»Natürlich bin ich sicher. Was ist eigentlich in dich gefahren – hast du kein Vertrauen mehr zu mir?«

Jon gab keine Antwort. Er war ein Kranker, der in einer beschützten Welt lebte, unter Menschen, die behaupteten, nur sein Bestes zu wollen; und deshalb mußte man Vorkehrungen treffen.

Er brachte wieder den Umzug zur Sprache. Das Thema hatte einige Wochen auf Eis gelegen. Jon hielt den Tag für passend, um über die Zukunft zu sprechen – wo ihm die Wahrheit über die Briefe ja doch nicht erzählt werden würde. Er wußte noch, daß sein Vater einmal gesagt hatte, dieser Insel könne niemand entfliehen. Man nehme sie mit, wohin man auch gehe, wie eine lehmige Spur. Aber Elisabeth seufzte nur, als er das erwähnte, und nahm ihn wieder am Arm.

»Von Flucht ist doch gar keine Rede«, sagte sie. »Sondern von einer realistischen Sicht der Dinge. Hier passiert doch nichts mehr. Niemand baut, niemand zieht her. Bald werden nur noch alte Leute übrig sein, und die, die einfach unfähig sind, etwas Neues anzufangen. Papa konnte das doch auch nicht mit ansehen – *er* ist geflohen.«

»Mit Lehm an den Stiefeln, haha.«

»Du bist heute ja vielleicht witzig!«

Jon riß sich am Riemen. Er sagte ganz offen, er halte ihre Sicht der Dinge nicht für realistisch. Sie sei einfach ein Quengelbolzen. Es würden neue Häuser gebaut. Und manche Leute fingen etwas Neues an. Und hier lebten genauso viele Menschen wie früher – und warum fange sie übrigens nicht selber etwas Neues an?

»Ich bin Lehrerin«, antwortete sie trocken.

»Er geht nicht mir dir«, sagte Jon.

»Wer?«

»Hans.«

»Meinst du, das wüßte ich nicht?«

»Nein.«

Sie holte tief Luft. »In meiner Klasse sind zwölf Kinder«, sagte sie und betonte dabei jedes Wort. »Zwölf! Und in Mariannes vierzehn. Nächstes Jahr werde ich zehn haben und sie elf. Weißt du, was das bedeutet?«

»Nein.«

»Daß die Klassen zusammengelegt werden. Daß ich meinen Job verliere. So einfach ist das. Mehr ist dazu nicht zu sagen.«

Sie hatten die Kurve mit den Weiden, wo Jon einmal Hans' Auto gesehen hatte, schon hinter sich. Er wollte gerade einwenden, daß es über ihr weiteres Schicksal durchaus einiges zu sagen gäbe, als ihn ein lauter Ruf ablenkte. Weit draußen, rechts auf dem Feld, stand ein Bauer in Ölkleidung und fuchtelte mit den Armen. Jon versuchte, sich hinter seiner Schwester zu verstecken.

»Zu spät«, lachte sie schadenfroh. »Er hat dich gesehen.«

Es war Karl. Er legte die Hände als Sprachrohr vor den Mund und rief noch einmal.

»Bis nachher«, sagte Elisabeth und ging weiter.

Jon kletterte widerwillig in den Straßengraben und quetschte sich durch den Stacheldraht. Sie standen im tiefen Lehmwasser der Ackerfurchen, und ihre Stiefel sanken bis zu den Knöcheln ein. Der Mann betrieb diesen

Hof, wie sein Vater es gemacht hatte, wie sein Großvater und sein Urgroßvater, und er hatte denselben Nachnamen wie alle anderen in der Nachbarschaft – als das ehemalige Gut aufgeteilt wurde, mußten die Instleute alle den Namen des Herrn übernehmen. Karl hatte einen Sohn in Elisabeths Alter, aber der war Maschinist geworden und hatte sich in sicherer Entfernung von den »ewigen Wiederholungen der Tradition« ein Haus gebaut, er kam nur ab und zu mit Frau und Kindern im Urlaub zu Besuch, und er schickte Weihnachtskarten, auf denen er mitteilte, es gehe ihm gut. Aber eigentlich hatte er Heimweh, meinte Karl, seine verdammte Stadtfrau ließ ihn nicht zurückkehren, und Jon konnte ihm da zustimmen, denn er mochte weder Karls Schwiegertochter noch die Enkel, die laut und selbstsicher waren und direkte Fragen stellten wie: »Warum hängt dein eines Augenlid nach unten? Und warum hast du so dreckige Hände?«

Dieser Hof war sein zweites Zuhause. In der Küche roch es nach Kabeljauleber, nach Waffelteig, Sauermilch, Erde und Viehstall, und beim Trinken erzählte Karl Geschichten, die so lange in der Phantasie gelegen hatten, daß sie überreif und sentimental geworden waren. Vor fünfundzwanzig Jahren hatte er das Fischerboot verlassen, um an Land zu gehen und ebenfalls Bauer zu werden, wie sein Vater, heute ein weltmännischer Gigolo auf den sieben Meeren – Lofoten und Finnmark, ja, sogar Rockall und Grönland – morgen ein an der Scholle klebender Leibeigener, eingepfercht zwischen Schafszäunen und feindseligen Nachbarn.

»Wenn ich nur einen Bruchteil der Kronen hätte, die im Laufe der Jahre durch diese Fäuste geronnen sind«, konnte er im Suff weinen. »Aber die durfte ich ja nicht behalten. Ich durfte sie nicht behalten. Du hast ja keine Ahnung,

Jon – du bist ja nur ein kleiner Wicht –, was ich alles durchgemacht habe.«

»Was ist passiert?« fragte Jon dann immer. »Wer hat sie dir weggenommen? Die Kronen?«

»Oooooo!«

Und in diesem Stöhnen lag ein Meer der Widerwärtigkeiten – das Leben selber, mit wilden Kräften, die die Menschen die unwahrscheinlichsten Dummheiten begehen ließen.

Aber eigentlich fühlte Jon sich in Karls Gesellschaft nicht richtig wohl; mit dem stimmte etwas nicht – er hatte ein neues glänzendes Dach zu vierzigtausend auf einem alten Wrack von Scheuer; er strich die halbe Wand an und überließ den Rest seinem Schicksal; er schrieb lange Briefe ans Amt für Naturschäden und behauptete, die Adler hätten seine Schafe gerissen, obwohl die Schafe in den Bergen abgestürzt waren, weil er keine Lust hatte, auf sie aufzupassen; er hatte einen Traktor, der schräg stehen mußte, um anzuspringen, und ein so schönes Auto, daß er es niemals aus der Garage holte. Das war vielleicht nicht besser und nicht schlechter als das, was alle anderen in ihrem täglichen Kampf um das tägliche Brot unternahmen, aber Karl glaubte wirklich, das Dach auf dem Bretterhaufen von Scheune sei eine gute Investition, das Haus könne ein paar grüne Farbtupfer hier und da gut gebrauchen, und deshalb fühlte Jon sich unwohl, vielleicht, weil es ihn an seine eigenen düsteren Seiten erinnerte. Jetzt machte Karl bei strömendem Regen Kartoffeln aus, über einen Monat später als alle anderen, vermutlich, weil sie im Oktober so gewaltig wuchsen.

»Ja, ja«, sagte er, als Jon ihn erreichte. »Jetzt ist es also auch in diesem Jahr wieder Herbst geworden.«

Und Jon nickte und sagte: »Ja, ja, das ist wahr.« Er sah

sich die Stapel von halbvollen und vollen Holzkästen an und die Kartoffeln, die rund und naß auf dem Feld glitzerten.

»Ja, was meinst du, Jon, du machst doch dieses Jahr wieder mit?«

»Tja«, sagte Jon.

»Ja, ich bringe im Gebirge ja nicht mehr viel, weißt du, und allein schon gar nicht.«

»Nein.«

»Schau mal.« Er biß ein Stück aus einer Kartoffel und spuckte es aus. Die Kartoffel war innen so gelb wie Eidotter. »Komisch, daß sie trotz dem ganzen Dreck so schön sind, was?

»Ja.«

Pause.

»Ja, also, was meinst du, Jon?«

Jon räusperte sich.

»Ich dachte, du könntest mich vielleicht bezahlen«, sagte er und verbarg die Hände hinter seinem Rücken, um nicht zu offensiv zu wirken.

»Bezahlen? Aber du kriegst doch deine Rente!«

Jon mußte zugeben, daß das der Fall war.

»Und ich habe dich noch nie bezahlt.«

»Das stimmt.«

»Ja, also, was ist denn jetzt anders?«

»Neee, ich weiß nicht. Ich dachte nur, du würdest mich vielleicht bezahlen.«

Der Bauer starrte ihn ungläubig an. Er schleuderte die Kartoffel gegen die Silowand, daß es nur so knallte.

»Niemand läßt sich fürs Schafesuchen bezahlen«, sagte er ärgerlich, »oder was?!«

Nein, Jon mußte zugeben, daß sich das hirnrissig anhörte, aber...

»Und niemand bezahlt dafür – oder was?«
»Nein.«
»Ich jedenfalls nicht.«
»Nein.«
»Also, was wird jetzt?«
»Offenbar keine Bezahlung.«
Jon hatte während dieser Verhandlungen fast die ganze Zeit den Boden angestarrt. Jetzt ließ er seinen Blick über die Felder wandern. »Alles wiederholt sich«, murmelte er, und sein Körper fühlte sich matt an, wahrscheinlich wirkten die Medikamente noch nach.
»Was hast du gesagt?«
»Alles wiederholt sich. Ich habe letztes Jahr mitgemacht, vorletztes Jahr auch, und vorher in allen Jahren. Ich mache auch dieses Jahr mit.«
Karl nickte schwer angesichts von soviel Philosophie.
»Ja, ja«, sage er mürrisch. »Dann ist das also abgemacht.«
Aber wie würde es im nächsten Jahr aussehen? Jon schauderte. Wollte er denn überhaupt immer wieder dasselbe tun? Manches – ja. Würde es ihm in der Stadt gefallen? Wieder schauderte ihm, er riß die Stiefel aus dem Lehm und wollte gehen. Aber Karl war noch nicht fertig. Dieses unangenehme Gespräch sollte versöhnlich enden.
»Du hast das Wasser gefilmt?« fragte er mit einem Nicken in Richtung Kamera.
»Hat sich das denn gelohnt?«
»Ja, alle waren da, der Bürgermeister und Rimstad, Journalisten, Lehrer, die ganze Schule. Das Wasser lief aus einem Hahn.«
»Hat der Bürgermeister Schwachsinn geredet?«
»Nee, ich weiß nicht mehr.«
»Das mußt du doch wissen. Denk mal scharf nach!«

Jon tat so, als ob er scharf nachdächte. In diesem Moment öffnete sich die Tür des Wohnhauses, und Karls Frau, Margrete, trat auf die Vortreppe. Ihr Kleid leuchtete unter dem eisengrauen Himmel weinrot. Sie verschränkte die Arme vor der Brust und fröstelte, ihre Haare bewegten sich leise im Wind.

»Essen«, murmelte der Bauer, ohne sich umzudrehen, er hatte wohl die Tür gehört.

Jon riß sofort die Kamera aus der Tüte und lud sie sich auf die Schulter. Margrete sah das und winkte.

»Was machst du denn da?« fragte Karl gereizt.

Jon filmte. Und ohne das Auge vom Okular zu entfernen, hob er die linke Hand und winkte zurück.

»Schau mal, sie winkt schon wieder.«

Karl starrte vergrätzt das Haus an. Seine Frau benahm sich wie eine Göre im Scheinwerferlicht. Sie lachte, hob beide Arme über den Kopf und drehte sich in der farblosen Landschaft wie eine rote Flamme. Plötzlich lächelte der Bauer.

»Sie ist noch jung«, sagte er eifrig und zeigte auf Margrete. »Siehst du das? Verdammt!«

»Ja«, sagte Jon und spürte, daß er zaubern konnte.

Und nach der Vorstellung schlug er vor, zusammen zurück zum Sportplatz und dem Wasser zu gehen. Die Umzugspläne und der endlose Nachmittag mit Elisabeth lockten ihn nicht.

»Im Bürgerhaus ist ein Fest«, sagte er.

»Hm.« Karl wußte nicht so recht, ihm waren die Kartoffeln wohl wichtiger.

Es war seine Gewohnheit, dann zu arbeiten, wenn kein anderer arbeitete, abends und an den Wochenenden, und dann sah es so aus, als ob er gewaltig am Machen sei.

Es wurde *das* Fest des Herbstes. Jon tanzte, mit Elisabeth und Marit. Hans tanzte nicht mit Elisabeth, sondern mit seiner Frau, und ab und zu mit Marit, wenn er sich zwischen Jon und Georg quetschen konnte. Pål hielt sich an Gerd, die den ganzen Abend weinte, weil alles zu Ende war und die Taucher abreisten. Karl tanzte mit Margrete, so lange er aufrecht stehen konnte, und erwähnte die ekelhafte Miss Venus, die in der Scheune lag, mit keinem Wort.

Sie tranken viel und stritten sich wenig. Die jungen Männer mit der Lachsfarm auf Nordøya hatten sich mit den Tauchern versöhnt. Jon schaffte es erst um vier Uhr, nach Hause zu stolpern und ins Bett zu fallen.

Er träumte, er stehe auf dem Sportplatz und sehe das Wasser aus dem Hahn fließen. Die anderen waren unter den Planen dermaßen mit Essen und Geselligkeit beschäftigt, daß sie das Wasser vergessen hatten. Es lief und lief, einfach so, mit einem Wasserfallgeräusch, das immer lauter wurde und schließlich so ohrenbetäubend war, daß Jon über den Platz rennen und es abdrehen mußte – so, wie jemand ein lärmendes Radio ausschaltet, wenn etwas Wichtiges gesagt werden muß.

Aber Jon war nicht irgend jemand. Und das wurde ihm jetzt noch einmal klargemacht. Er hatte nicht das Recht, für andere zu handeln. Sie starrten ihn an. Sie verstummten. Sie hörten auf zu essen, sich zu amüsieren, sie standen einfach da und starrten ihn anklagend an. Er war die schmerzende Zielscheibe für die Verachtung einer ganzen Gemeinde. Er hatte ihnen das lebensspendende Blut genommen, von dem der Bürgermeister so warm gesprochen hatte.

Und es hörte einfach nicht auf. Da stand er nun, unbeweglich, vor Schande aufgelöst. Und es hörte nicht auf.

11

Er lag in seinem Bett und döste, träumte vor sich hin und hörte Elisabeth zu, die in der Küche vor sich hinsummte. Er war zumeist im Haus gewesen, seit die Taucher die Insel verlassen hatten. Drei Tage auf See mit seinem Vetter zweiten Grades waren genug. Jon war kein Fischer. Er arbeitete gut und mochte den Fischfang, aber Tage, die nie ein Ende nahmen, pechschwarzer Kaffee, ein nacktes Kettenglied nach dem anderen, versuchen, patzen und das ewige Gefasel des UKW-Senders im Steuerhaus. Nein.

Er hatte auch an Jagd gedacht. Aber die Gänse waren verschwunden. Und die Hasen? Doch, die waren noch da, aber sie waren noch nicht weiß und blieben vorerst in den Bergen. Für Schneehühner hatte er sich noch nie interessiert, die waren fleischlos und wuselig, Beschäftigung für Samen und Stadtleute. Er machte zweimal mit Nils einen Spaziergang, reparierte den Schleifstein und auch den Zaun.

Dann hörte der Regen plötzlich auf. Der Herbst war zu Ende. Eine dünne Schneeschicht legte sich über das künstlich grüne Moos. Die Nächte wurden länger und fraßen bald auch den größten Teil des Tales. Da konnte Jon genausogut im Bett liegen, dösen, sich Geschichten ausdenken, sich abschweifend von einem Wegkreuz zum anderen führen lassen, bis die so dünn wurden, daß sie von selber endeten, die Pfade im endlosen Moor.

Und dann wurde unten in der Küche ein Deckel auf einen Topf geknallt, und Elisabeth hörte auf zu summen. Er dachte schläfrig, daß gleich etwas passieren würde. Es war die Stille, ehe etwas passiert.

Er hörte Schritte auf der Treppe, hörte seine ungeölte Türklinke quietschen, dann kam Elisabeth herein. Er öffnete die Augen und blickte sie träge an.

»Mir ist etwas eingefallen«, sagte sie und setzte sich auf die Bettkante. »Woher hast du von dem Brief gewußt?«

Viele Jahre des Zusammenlebens hatten Jon gelehrt, erst gründlich nachzudenken, ehe er eine solche Frage beantwortete. »Das hat die Journalistin mir erzählt«, sagte er.

»Daß sie ihn geschickt hat, ja. Aber du wußtest auch, daß er angekommen war.«

»Äh... ja.«

Er senkte das eine Augenlid, um sich zu konzentrieren. Konnte er sich auf irgendeine Weise verraten haben, als sie damals vom Sportplatz zurückgekommen waren? Normalerweise war es ihm schnurz, ob die Briefe durch die Zensur gingen, am Ende bekam er sie ja auf jeden Fall. Aber dann hatte Marit ihn auf den fatalen Gedanken gebracht, daß vielleicht Briefe kamen, die er nicht erhielt.

»Wühlst du in meinen Sachen herum?« fragte Elisabeth. »Um zu sehen, ob ich dir irgend etwas vorenthalte?«

»Ab und zu«, gab er zu, um glaubwürdig zu sein.

»Es ist doch nur zu deinem eigenen Besten«, sagte sie. »Ich hoffe, das verstehst du! Diese Journalistin schreibt über Lisa, und das ist nicht gut für dich; sie macht dich verrückt – das weiß ich!«

Er hatte die Augen jetzt ganz geschlossen und blieb stumm.

»Sie ist seit über zwei Jahren nicht mehr hiergewesen. Du mußt sie vergessen. Sie ist nichts für dich.«

»Ich kann nicht«, sagte Jon. »Sie ist in meinem Kopf!«

»Aber Jon!«

»Ich hab's versucht, es geht nicht.«

»Es muß gehen. Es geht immer. Wenn ich Hans vergessen muß, dann muß ich das.«

»Du hast es noch nicht versucht.«

»Das weiß ich. Aber du muß doch begreifen, daß sie jetzt eine ganz andere ist. Es tut weh, aber... ja, sie hat dich sicher vergessen. Sie... sie...«

»Ja?« fragte er hart und öffnete die Augen. »Nun sag schon.«

»Sie hat einen Freund«, sagte Elisabeth.

»Wo denn?«

»Was ist nur los mit dir? Überall natürlich, das weißt du doch.«

Jon kannte seine Schwester besser als irgendeinen anderen Menschen, und das hier war kein gutes Zeichen; weniger das, was sie sagte, sondern daß es unmöglich war festzustellen, ob es die Wahrheit war. Sie konnte im Dorf Gerüchte gehört haben, aber es konnte auch ein Brief gekommen sein.

»Was hast du dieser Journalistin eigentlich erzählt?« fragte Elisabeth.

»Nichts.«

»Sie glaubt, daß Lisa verschwunden ist!«

»Ach.«

»Hör auf mich, Jon. Ich verstehe ja gut, daß es für dich eine Katastrophe war, als sie weggegangen ist – aber es wäre auch nicht anders gewesen, wenn sie hiergeblieben wäre, im Gegenteil, dann hättest du alles aus nächster Nähe mitbekommen.«

»So, wie Hans' Frau?«

»Sei nicht frech. Nicht alles Böse im Leben muß ein Verbrechen sein. Es reicht, daß die Menschen unterschiedlich sind, daß sie nicht miteinander leben können, daß sie ihre eigenen Wege gehen... ja, das tut noch weher als ein Verbrechen. Ich finde, du solltest diese Journalistin anrufen oder ihr schreiben, daß sie sich weder um dich noch um Lisa kümmern soll.«

»Das ist nicht nötig.«

»Sie hat eine Art Untersuchung begonnen. Und das geht doch wirklich zu weit. Wonach sucht sie eigentlich?«

»Nach der Wahrheit.« Er lächelte.

»Und wie sieht die aus, mein Junge? So, wie es dir gerade paßt? Wie du es dir wünschst?«

Nein, dachte er und drehte sich zur Wand. »Sie sucht nach der richtigen Wahrheit. Die, von der man ruhig wird und schlafen kann.«

Er rollte sich zur Embryostellung zusammen, und sie fuhr ihm resigniert über die Haare, eine ungeheuer seltene Geste. Sie wohnten eng beieinander, aber sie kamen sich nur nah, wenn sie in aller Öffentlichkeit zum Spaß seinen Arm nahm.

Als sie am nächsten Nachmittag aus der Schule nach Hause kam, war er verschwunden.

12

Der Bus kroch den steilen Hang an der Innenseite hoch und glitt langsam durch die Kurven auf der Hochebene. Es herrschte dunkles, dichtes Schneegestöber, kein Verkehr.

Die Abfahrt auf der anderen Seite ging noch langsamer. Die Markierstöcke für die Schneepflüge jagten als rotes Funkeln vorbei, und der Fahrer starrte in die gelben Lichtkegel hinaus. Im Bus waren die Lampen nicht eingeschaltet, und Jon, der einzige Fahrgast, saß in einer neuen Jacke mit frisch geschnittenem Haar auf dem Motorkasten und erzählte von Kopenhagen, der großen Stadt, wo man sich nicht wärmer anzuziehen braucht als hier im Norden an einem normalen Augusttag, und es weht kein Wind, die Haare bleiben so liegen, wie man sie gekämmt hat, und niemals ruinieren Wind und Regen einem die Kleider.

Der Fahrer hörte nur mit halbem Ohr zu.

Unten im Moor passierten sie zwei Straßenroste und ein Wäldchen. Weit drüben links leuchteten die Lampen eines Hofplatzes, die Bäume wichen zurück, und in der undurchdringlichen Nacht breitete sich die Landschaft bis ins Nichts hinein aus.

»Sieh an«, murmelte der Fahrer plötzlich, und Jon preßte sein Gesicht gegen die Windschutzscheibe.

Drei- oder vierhundert Meter weiter sahen sie Autolichter, die in die falsche Richtung zeigten – von der Straße fort. Und in diesem Moment senkte der Schneeregen sich wie ein grauer Vorhang über die Fensterscheiben, und sie mußten anhalten.

Die Lichter zeigten wirklich in die falsche Richtung, und sie standen still.

»Da muß etwas passiert sein«, sagte der Fahrer.

Das glaubte Jon auch. Auf seiner Insel passierte immer etwas.

Der Wagen war mit den Hinterreifen in den Straßengraben geraten, und die Scheinwerfer starrten schräg zum Himmel hinauf. Mitten auf der Straße stand eine Frau und fuchtelte mit den Armen.

Jon rannte zu ihr hin. Es war Hans' Frau, die Krankenschwester; sie war zu dünn angezogen, triefnaß und zitterte vor Kälte. Aus einer Schnittwunde unter dem einen Auge lief Blut, und es war ganz deutlich, daß sie völlig außer sich war.

Er trug sie in den Bus und setzte sie auf die vorderste Bank. Der Fahrer zog ihr die Schuhe aus und fing an, ihre Füße zu massieren.

»Ich will sterben«, heulte sie und wackelte mit dem Kopf. »Ich will sterben!«

»Ja, ja«, sagte der Fahrer. »Bist du allein?«

Sie war unfähig zu irgendwelchen Erklärungen, sie wiederholte nur immer wieder, daß sie sterben wolle. Schließlich ging Jon nachsehen. Er fand das leere Auto, den blauen Subaru, der in einer Nacht vor langer Zeit im Wald bei Grinda versteckt gewesen war. Im Schnee waren außer den Spuren der Frau keine sonst zu entdecken. Er schaltete die Scheinwerfer aus und ging zum Bus zurück.

»Was, zum Teufel, machst du hier überhaupt bei diesem Wetter?« fragte der Fahrer gereizt. Er glaubte wohl, sie hätte sich den Tod geholt, wenn sie sie nicht gefunden hätten.

»Der weiß das!« heulte sie unmotiviert und zeigte auf Jon.

»Was denn?«

»Was ich hier mache! Er und seine Schwester. Die bringen mich noch um! Himmel, die bringen mich noch um!«

Jon hatte nicht die geringste Ahnung, was sie gerade jetzt hier zu suchen hatte, falls sie nicht Hans suchte. Er hatte diese Frau noch nie leiden können, ihr ewiges Schmollen, ihr saures Gesicht zwischen den Regalen im Supermarkt, wenn sie ihre Kinder anfauchte, ihre beleidigte Miene, die ihrem Mann galt, wenn sie auf einem Fest nicht trinken, flirten, sich amüsieren wollte – eine alte Kuh, die nur nach Hause gehen und zu Hause sein wollte, und die nicht die geringste Möglichkeit hatte, sich mit Elisabeth zu messen.

Er tippte mit dem Finger unter die Wunde in ihrem Gesicht. Sie warf den Kopf in den Nacken und starrte ihn wild an.

»Faß mich nicht an!«

»Das ist nicht tief«, sagte er und deckte sie mit einer auf der Fähre gestohlenen Wolldecke zu. Sie warf die Decke wieder ab, und er mußte drei Schritte im Mittelgang zurückweichen und die Hände falten, um ihr keine Ohrfeige zu verpassen. Der Fahrer hielt sie fest und deckte sie wieder zu. Sie klapperte mit den Zähnen.

»Der Wagen!« schrie sie, als sie losfuhren. »Ich muß morgen mit dem Wagen zur Arbeit fahren!«

»Ja, verdammt!«

»Ich brauche den Wagen, habe ich gesagt!«

Die Stimmte schnitt in Jons Gehirn. Er mußte sich die Ohren zuhalten, um nicht die Besinnung zu verlieren. Er war wieder zu Hause, wieder versunken in Schnee und Dunkelheit. Bei diesem Wiedersehen lief es ihm eiskalt den Rücken hinunter.

Als sie endlich den Haupthof erreichten, stieg er mit gesenktem Kopf aus und sah weder den Fahrer noch die verunglückte Frau an. Er zog sein Gepäck hinter sich her durch den tiefen Schnee. Er wußte genau, was ihn erwartete: ein leeres Haus, schwarze Fenster und der bleiche Lichtschein der Hoflampe über den Schneewehen, und weit draußen in der Dunkelheit das ewige Locken des Meeres. Er war weggefahren, um sein Gleichgewicht wiederherzustellen, und nun kam er zu diesem hier zurück.

Er legte die Leiter frei, stieg durch das Dachfenster und ging die Treppe hinunter ins Erdgeschoß. Stiefel und Gepäck ließ er gleich neben der Tür stehen, damit sie sehen konnte, daß er wieder da war, und sich nicht fürchtete. Er machte im Ofen Feuer, baute die Videokamera auf und sackte im Sessel in sich zusammen.

Lisa war sofort da.

Ihre Stimme traf ihn wie ein eiskalter Guß. Sie stand zwischen den alten Gartenmöbeln hinter dem Haus beim Sägewerk, sie trug ein gelbweißes Baumwollkleid mit winzigen violetten Blumen, weiße Kniestrümpfe und rosa Schuhe. Um die Zöpfe hatte sie grüne Bänder, in der Hand hielt sie einen Mandelkuchen, es war der zweiundzwanzigste Mai, und es war so hell wie vor einem Feuer.

Die Kamera, dachte er und drehte sich um.

Sie wurde zehn Jahre. Sie hielt den Kuchen in die Luft und spielte eine normale Zehnjährige, die an einem großen Tag verewigt werden sollte. Jon lächelte, auch er war zehn Jahre alt. Er durfte nicht dort sein, aber er war dort, versteckt zwischen den Büschen, die Hand am Abzug. Er zog ab und fuhr zusammen.

Elisabeth stand in der Tür und sah ihn an. Ihr Pullover und ihre Hose waren naß. Ihre Haare auch. Tropfen funkelten an ihren Wimpern.

»Du hast dir die Haare schneiden lassen?« fragte sie und schaltete die Kamera aus. Er senkte den Kopf, um die weißen Flecken unter den Ohren und im Nacken zu verstecken, so wie er das als Junge auch getan hatte, wenn er vom Friseur gekommen war. »Wo hast du denn gesteckt?«

»In Kopenhagen.«

»In Kopenhagen? Na gut.«

Es war eine so sinnlose Lüge, daß sie nicht einmal Eindruck machte. Sie hielt die Hände über den Ofen und wirkte geistesabwesend. Er fand sie schöner denn je, geliebt von einem Mann, den er haßte, befriedigt.

»Sie ist in den Graben gefahren«, sagte er und erzählte die Geschichte von Hans' Frau, verschwieg ein wenig, dichtete ein wenig dazu, um nicht zu vorwurfsvoll, aber auch nicht gleichgültig zu wirken – die Episode hatte ihm gewissermaßen erzählt, wie ernst das war, was seine Schwester da trieb.

»Das wundert mich nicht«, sagte sie, schon so tief in eine Geschichte verwickelt, daß sie nichts anderes mehr sehen konnte als sich selber.

»Ist ein Brief für mich gekommen?« fragte er nach einer Weile. Sie hatte eine Bürste geholt und bürstete sich jetzt vor dem warmen Ofen die Haare.

»Nein.«

»Und niemand hat angerufen?«

»He! Wer sollte denn anrufen?«

»Georg zum Beispiel.«

»Nein, der hat nicht angerufen. Und es ist auch kein Brief gekommen. Wo hast du dich übrigens herumgetrieben?«

»In Kopenhagen.«

Sie verdrehte die Augen.

»Du wirst einfach immer nur schlimmer. Deine Medizin hattest du wohl auch nicht dabei, oder?«

Vielleicht fand er es ein wenig seltsam, daß seine Schwester, seine engste und einzige Verwandte, sich keine größeren Sorgen über sein langes Verschwinden machte – noch dazu war er ohne Vorwarnung verschwunden. Aber vielleicht verheimlichte sie ihm ja etwas.

»Kannst du nicht Kaffee kochen?« fragte er.

»Es ist doch mitten in der Nacht!«

»Das macht doch nichts.«

»Dann kannst du nicht schlafen.«

»Aber Kakao?«

»Nein.«

»Na gut.«

Vielleicht war es gar nicht so ungewöhnlich. Sie war wahrscheinlich immer so ichbezogen, wenn sie von einer Nacht mit Hans zurückkehrte.

Er stand auf und wollte gehen, aber im Licht aus der Küche entdeckte sie seine neue Jacke, die nicht etwa irgendeine schnöde Jacke war; sie war teuer und modern, nicht gerade die Sorte, die er per Postversand kaufte.

»Wo hast du gesteckt?« fragte sie noch einmal, und jetzt viel ernster.

Plötzlich war sie wütend, sie warf die Bürste an die Wand und packte ihn am Kragen.

»Hör auf mit dem Quatsch!« heulte sie. »Jetzt antworte schon! Wo bist du gewesen?«

Er konzentrierte sich, starrte ihr ohne mit der Wimper zu zucken in die Augen, wie man das in einem Haus macht, in dem eine tief begrabene Wahrheit endlich ans Licht kommen soll.

»Stimmt das?« murmelte sie.
»Das stimmt.«
»Was hast du da gemacht?«
»Lisa gesucht.«
»*Lisa? In Kopenhagen?*«
Sie wollte ihm einfach nicht glauben. Aber es folgte kein normaler Streit. Ihr traten die Tränen in die Augen, und als sie murmelte, »armer Junge«, war ihre Stimme leise und traurig.

Sie zauste seine kurzen Haare, als seien die, zusammen mit der neuen Jacke, der sichtbare Beweis dafür, daß er restlos vor die Hunde gegangen war.

»Und ich dachte, du wärst auf der Hütte.«

Karl hatte an einem Bergsee eine alte Hütte, und Jon übernachtete dort auf langen Jagdtouren ab und zu.

Dann schob sie ihn beiseite und hob die Bürste auf.

»Das kann nicht wahr sein«, sagte sie. »Du kannst mir nicht alles einreden. Du bist vielleicht verrückt, ich aber nicht! Noch nicht jedenfalls!«

Er setzte sich wieder.

»Kannst du Kaffee kochen?« fragte er noch einmal.

»Nein, habe ich gesagt!«

Draußen hörte er das weiche Seufzen des Schnees, der vom Dach rutschte. Ein Winter, der auf diese Weise anfing, würde sehr oft anfangen. Der Schnee, der in dieser Nacht fiel, würde morgen oder übermorgen ebenfalls verschwinden. Es würde abwechselnd regnen und schneien, bis Wind und fünfzehn Grad minus endlich eine braune Kruste über die Erde zogen und dafür sorgten, daß der Schnee liegenbleiben konnte.

Jon ging auf den Flur und holte sein Gepäck.

»Ich hab dir was mitgebracht«, sagte er und packte zwei Teller aus. Königlich-dänische Porzellanmanufaktur, mit blauen, himmelblauen, stahlblauen und vielen anderen Blauschattierungen, in einem Muster, für das Elisabeth früher einmal ihr Leben gegeben hätte. In seinem Eifer, das richtige Beweismaterial zu finden, hatte er jedoch nicht daran gedacht, daß diese Teller aus einer Zeit stammten, als ihre Ehe noch nicht tot gewesen war – damals, als Elisabeth glücklich gewesen war, und das störte das Bild.

Sie nahm je einen Teller in jede Hand und starrte sie atemlos an.

»Ich glaube, ich werde verrückt«, sagte sie. »Ja, ja, ich geb's auf. Du warst wirklich verreist.«

»In Kopenhagen.«

»In Kopenhagen, na gut. Und ich dachte, du wärst im Gebirge.«

Es ließ sich also nicht sagen, warum sie weinte, aber seine Gewehre standen wie immer in der Ecke bei der Tür, dort hatten sie die ganze Zeit gestanden, und ohne sie ging er nie in die Berge, nie. Lisa war dasselbe passiert, als sie nach Kopenhagen durchgebrannt war. Ein Tag nach dem anderen war vergangen, aber niemand hatte sie vermißt gemeldet.

13

»Was tut man, um etwas zu finden?« schrieb Jon senkrecht in die Kästchen eines alten Kreuzworträtsels, das er nicht hatte lösen können. Darunter notierte er waagerecht: »Man gräbt und gräbt, wischt dann den Dreck ab und sieht es sich an, vielleicht läßt es sich verwenden.« Vielleicht findet man dann wieder Ruhe. Er fand keine.

Als das Wetter milder wurde und der Schnee verschwand, schritt er wieder zur Tat. Er hob sein letztes Geld von der Bank ab und kaufte Material zum Verkleiden der verrotteten Südwand; Asphaltplatten, Baupappe, Isoliermasse und Latten, wie er das schon seit Jahren vorgehabt hatte, ließ alles zum Haus bringen, und als Elisabeth aus der Schule nach Hause kam, war er voll in die Arbeit vertieft.

»Jetzt wird das Haus viel wärmer!« rief er ihr von der Leiter her zu. Sie achtete kaum auf die Wand. Sie hielt eine Wolldecke in der Hand, die Decke, die er auf der Fähre gestohlen und in die er dann Hans' Frau eingehüllt hatte, nachdem er ihr auf der Straße begegnet war.

»Was soll das bedeuten?« fragte Elisabeth wütend.

»Das ist meine Decke«, sagte er.

»Es ist also wirklich wahr. Und woher hast du sie, wenn ich fragen darf?«

»Auf der Fähre gestohlen.«

»Und dann ihr gegeben?«

»Sie wäre fast erfroren.«

»Das wäre doch ein Segen! Kannst du dir vorstellen, wie mir zumute war, als die alte Kuh ins Lehrerzimmer stolziert kam und mir vor aller Augen die Decke gab.«

Das konnte Jon nicht. Eine Wolldecke – was machte es schon, wenn die vor aller Augen überreicht wurde? Wieder einmal mußte er einsehen, daß es in Elisabeths Welt vieles gab, was er nicht verstehen konnte. Und es ärgerte ihn, daß seine Schwester der tragischen Ehefrau ihres Liebhabers immer ähnlicher wurde.

»Du quengelst ja nur«, sagte er, stemmte das Brecheisen gegen die Wand und entfernte eine alte Latte.

Sie fing an, ihn auszuschimpfen, und dabei überschritt sie wirklich alle erträglichen Grenzen. Und als er von der Leiter stieg, um eine Latte zu holen, packte sie ihn sogar am Arm. Wie konnte er nur auf die Idee kommen, dieser alten Kuh die verdammte Decke zu geben!

»Das hast du gemacht, um mich zu demütigen!« fauchte Elisabeth. »Gib's doch zu!«

Er starrte sie sprachlos an. Dann schlug er mit dem Brecheisen auf den Stapel von neuen Latten, und endlich registrierte sie, was er hier machte.

»Was, in aller Welt, treibst du hier eigentlich?« schrie sie unvermittelt. »Wir ziehen doch weg.«

»*Ich* ziehe nicht weg.«

»Doch, du ziehst weg. Und wenn ich dich mit einem Streifenwagen von hier wegkarren muß. Was glaubst du wohl, was das kostet?«

»Das ist mein Geld.«

»Dein Geld? Das hätten wir für die neue Wohnung brauchen können! Der Teufel soll dich holen, Jon!«

»Wie meinst du das mit dem Streifenwagen?«
»Der Teufel soll dich holen, habe ich gesagt!«
»Wie meinst du das mit dem Streifenwagen?«
»Der Teufel soll dich holen!«
Er nahm den Tacker, mit dem er die Pappe festmachen wollte, stützte ihn mit dem Handrücken und drückte auf den Abzug. Der Stift fuhr ihm zwischen Daumen und Zeigefinger in die Hand und saß dort fest.

»Du bist verrückt«, murmelte sie und wich zurück.

»Ja«, sagte er. »Und ich gehe nie von hier weg. Nie! Hörst du?«

Er wartete nicht auf ihre Antwort. Er schob die Spitze seines Fahrtenmessers unter den Stift und zog ihn wieder aus seiner Hand. Zwei Blutstreifen zogen sich über die Haut und begegneten sich am Handgelenk.

»Du bist verrückt«, murmelte sie noch einmal und rannte ins Haus.

Er blieb stehen und sah sich um. Die ganze Familie hatte hier gelebt. Er fragte sich, ob die Geschichte des Großvaters nun noch einmal passierte, ob auch dessen Kampf um die Möglichkeit, hier wohnen zu bleiben, so jämmerlich ausgesehen hatte. Der Mann war Vorbild und Held der Sippe. Er baute die Nordlandsbahn und fischte Hering, legte Heu über die Heureuter und produzierte ein Kind nach dem anderen. Sein Name war überall zu finden, in den Mitgliedslisten des Jugendverbandes, in den Schuldenregistern, in Zeitungsartikeln und auf dem Kriegerdenkmal bei der kleinen grauen Kirche; er konnte eine Taschenuhr ebenso selbstverständlich reparieren, wie er einen Mast setzte oder einen Stier schlachtete; er war sein Leben hindurch und bis weit ins Leben seines Sohnes hinein verschuldet gewesen. Jons Onkel war deshalb nie hochgekommen, sondern hatte schließlich den Hof aufteilen und die Familie zu Fischern und Straßenarbeitern machen müssen. Es gab nur ein einziges Foto von dem Alten, und das hing in Jons Zimmer.

Auf diesem Foto arbeitete er allerdings nicht, obwohl es hieß, er sei immer an der Arbeit gewesen, auf dem Foto lag er im Schatten eines Heureuters, schlief und hatte den Kopf an den Hals eines ebenfalls schlafenden Pferdes gelehnt. »Großvater ruht« hieß das Bild. Es hatte schon lange vor Jons Geburt dort gehangen, und es erzählte, daß es überall einen Zusammenhang gab – einen andauernden Zusammenhang – zwischen Alt und Neu, zwischen seiner Mutter, die vor zwanzig Jahren in der Küche vor sich hingesummt hatte, und Elisabeth, die das heute tat, zwischen dem Vater, der von den Lofoten und Jon, der aus den Bergen kam, sie hängten ihre Überkleider in den Schuppen, stellten die Stiefel in den Flur, sie teerten dasselbe Boot, drehten die Kurbel desselben Schleifsteins; die Nachmittagssonne ließ die alte Teerpappe unter der abgeblätterten alten Wand, die der Anfang einer neuen Wand und eine Fortsetzung war, rot aufleuchten, und die nackten, vom Großvater gepflanzten Ebereschen ebenso, die Weiden, die immer schon neben dem Weg zum Meer gestanden hatten und unter deren Rinde der Frühling schlummerte... Nein, Jon war kein Mann von der Art seines Großvaters. Er war zwar die Fortsetzung, aber was er machte, war klein und unübersichtlich, gelenkt von Launen und Einfällen, er hatte keinen Plan, keine Vision – er kämpfte gegen seine Schwester, nicht gegen den Hungertod, Großkapital und Hitler – das war vielleicht ein Kampf – Wolldecken? Die Lächerlichkeit war zweifellos eine Erfindung unserer Tage. Darüber stand jedenfalls nichts in der Dorfchronik, vermutlich war sie also eines der vielen modernen Anzeichen für den Weltuntergang.

Elisabeth erschien wieder auf der Vortreppe, bereit zur Versöhnung. Mit einer Hand beschattete sie ihre Augen.

»Der Fernseher funktioniert!« rief sie zu ihm hoch.

»Ja«, sagte er sauer. »Ich habe in einem Aufwasch die Antenne repariert.«

Es hätte ein ganz normaler Tag sein können, es duftete sogar nach Kaffee, der Duft schwebte durch die offene Tür. Das Tageslicht war jetzt matter, die Moore versanken langsam im Nebel, wie das um diese Zeit immer der Fall war. Aber Jon mußte einfach erkennen, daß etwas zu Ende war, daß unter der Oberfläche die Erosion immer weiterschritt. Und daß sie gewinnen würde.

Beim Haupthof tauchte ein gelber Mercedes auf. Er rollte den Hang hinab, durch das Wäldchen und weiter, langsam, als solle einem eventuellen Fahrgast die Möglichkeit gegeben werden, die Aussicht zu genießen.

Auf dem Hofplatz kam der Wagen mit einem Seufzer zum Stehen, und der Lensmann sprang heraus. Er war allein, sportlich und jung, in Steppweste, Isländer und Jagdstiefeln, mit etwas dünneren Haaren als zu seiner gemeinsamen Schulzeit mit Elisabeth, aber mit demselben schelmischen Blick und denselben virilen Bewegungen. Ein Dreitagebart wuchs auf seiner breiten Kinnlade.

»Ach, du bist's«, sagte Elisabeth und errötete.

Einmal waren sie mehr als nur Klassenkameraden gewesen, und nun waren sie sich lange nicht mehr begegnet. Sie wußte sicher nicht so recht, ob er in amtlichen oder in Liebesangelegenheiten kam. »Willst du mir jetzt endlich einen Heiratsantrag machen?« fragte sie.

»Ich wünschte, es wäre so«, lachte er und ließ seinen Blick zwischen ihr und Jon hin und her wandern. »Aber ich will eigentlich nur kurz mit dem da reden.«

»Mit Jon?«
Er nickte.
»Hörst du, Jon? Erik will mit dir reden!«
»Ich höre. Was will er denn?«
»Nur kurz reden. Kommst du runter?«
»Lieber nicht. Ich arbeite.«
»Jetzt komm schon, Junge, sonst kippe ich die Leiter um, he, he.«
»Ja, ja, wenn's sein muß.«
»Können wir ins Haus gehen?« fragte der Lensmann Elisabeth. Und das konnten sie natürlich – der Kaffee war ohnehin schon fertig.

Jon fand sich damit ab, daß für diesen Tag Feierabend war. Er packte sein Werkzeug zusammen, breitete eine Plane über sein Baumaterial, legte die Leiter auf den Boden und war bereit, wozu auch immer.

Der Lensmann ließ sich Zeit. Er drehte sich eine Zigarette und hörte sich Elisabeths Berichte aus dem Lehrerzimmer an, ihre Reisepläne und eine ausführliche Beschreibung der neuen Wohnung. Sie sprachen über das neue Wasser und über einen Bauern – diesmal nicht Karl –, der im Gebirge vier Schafe verloren hatte. Erst dann blickte der Lensmann Jon an und kam zur Sache.

»Ja, Jon«, sagte er. »Ich höre, daß du nachts den alten Sakkariassen belästigst. Stimmt das?«
Schweigen senkte sich über das Zimmer.
»Nein«, sagte Jon.
»Er sagt, daß du im Dunkeln vor dem Haus stehst und in seine Fenster starrst. Und damit sollst du aufhören.«
Elisabeth sah ihren Bruder an.
»Stimmt das?«
»Nein. Ich bin das nicht.«

Vorwürfe dieser Art gehörten zu Jons Alltag, auch wenn normalerweise deshalb nicht der Lensmann kam; ab und zu hatte er etwas angestellt, ab und zu nicht – so wie jetzt.

»Hör mal«, sagte der Lensmann nun. »Wir wissen, daß du ohne Jagdschein jagst, wir wissen, daß du mitten in die Herde schießt, wenn du gerade Lust dazu hast. Aber wir lassen dich in Ruhe, denn wo sollte das hinführen, wenn wir die Leute wegen solcher Bagatellen verhaften würden! Aber Sakkariassen ist ein alter Mann. Er liegt auf seinem Dachboden und ist fertig. Was soll denn dieser Unfug?«

»Ich bin das nicht«, wiederholte Jon.

»Gestern nacht, zwischen zwei und drei?«

»Nein.«

»Du meinst also, der Alte leidet unter Halluzinationen?«

»Das kann ich doch nicht wissen.«

Der Lensmann hatte die größten Fäuste, die Jon je gesehen hatte; er legte seine zum Vergleich daneben, sie waren dagegen nur kleine Pfoten. Sie lächelten.

»Na gut. Und Elisabeth kann das sicher bestätigen?«

»Nein. Sie war nicht hier.«

»Sie war nicht hier?«

»Sie war mit Hans unterwegs.«

Der Gast machte es sich nun bequem und richtete seinen Blick auf Elisabeth.

»Mit Hans?« Er lachte. »Diesem Herzensbrecher! Ich hätte dich für gescheiter gehalten!«

Sie schnitt eine Grimasse.

»Warum versuchst du es nicht lieber mit mir?« fragte er.

»Weil du verheiratet bist und zwei Kinder hast«, sagte Jon.

Sie lachten.

»Du bist ein Schwein, Jon.«

Jon senkte den Blick.

»Ich habe übrigens gehört, daß seine Frau einen Selbstmordversuch hinter sich hat«, sagte der Lensmann. »Das war also deinetwegen – nicht schlecht!«

Sie schlug mit einem Wischlappen nach ihm, und er mußte die gewaltigen Fäuste öffnen und sie um die Taille fassen.

»Ich gehe«, sagte Jon und stand auf.

»Er hat dich angezeigt, Jon!« rief der Lensmann hinter ihm her. »Laß dir das eine Warnung sein.«

»Ja, sicher. Ja, sicher.«

Einige Krähen flogen durch den windstillen Abend, auf dem Weg zum Krähengericht in den Bergen. Von der Bucht her war das leise Geschnatter der Eiderenten zu hören, und weit weg brüllte in einem Stall eine Kuh.

Jon zog Nägel aus den alten Brettern. Er holte den Sägeblock und stellte ihn ins Licht der Kellerlampe. Er überlegte sich, wie verletzlich doch die Erdkruste war. Man kam im Leben an einen Punkt, wo man alles tat, was man nur konnte, um das Schöne zu bewahren – und dann konnte man nicht mit den Folgen leben. Er hatte den Drohungen der Taucher widerstanden – hatte sie jedenfalls verdrängen können. Er hatte Elisabeths Drohungen widerstanden – bis jetzt. Und dann kam dieser alte Fabrikbesitzer mit ins Spiel. Mit einer neuen Drohung – oder nur mit einer neuen Laune seines verrückten und autistischen Greisentums?

Er zersägte einen Holzstapel nach dem anderen und trug die Scheite in den Keller. Dann hörte er endlich, daß auf dem Hof der Mercedes angelassen wurde und davonfuhr. Inzwischen war es schon später Abend.

Elisabeth hatte ein Hühnchen mit ihm zu rupfen. Es war illoyal gewesen, dem Lensmann zu erzählen, daß sie die Nächte nicht zu Hause verbrachte.

»*Ich* war zu Hause«, sagte er in einem unbeholfenen Versuch, sich ans Wesentliche zu halten.

»Das weiß ich doch«, fiel sie ihm ins Wort. »Du gehst ja nie irgendwohin – aber wozu soll es eigentlich gut sein, daß du immer aus dem Haus gehst, wenn jemand kommt – soll das eine Demonstration sein?«

Er stellte sich taub.

»Du sitzt im Keller und fühlst dich einsam, nicht wahr?«

»Äh ... ja.«

»Damit ich mich schuldig fühle, ja?«

Das Schuldgefühl war das Tau, das sie an ihn fesselte und das ab und zu drohte, sie zu erwürgen.

»Nein«, sagte er. »Das nicht.«

»Warum machst du es denn dann?«

»Ich habe Holz gehackt – peng peng peng peng.«

Er schlug mit dem Topfdeckel auf den Küchentisch und lächelte.

»Laß den Blödsinn. Nachts nicht zu Hause? Wir konntest du das bloß sagen!«

Er begriff, daß ihr Gequengel nichts mit ihm zu tun hatte – weder mit der Wolldecke noch mit seinem Aufenthalt im Keller –, und er nahm an, daß sie wieder einmal Probleme mit Hans hatte.

Im Topf gab es nur noch einige zerkochte Kartoffeln, und nirgendwo fand er einen Hinweis auf eine Mahlzeit. Er hatte Hunger, ging aber trotzdem wieder aus dem Haus und blieb weg, bis die Nacht kam und sie zu einem neuen Rendezvous loszog.

Dann aß er in aller Eile zwei Brote, zog eine dunkle Jacke

mit Kapuze, eine dunkle Hose und schwarze Stiefel an und steckte sich eine Spraydose mit roter Farbe in die Tasche.

Es war schon nach Mitternacht, und kein Mond schien. Eine dünne Frosthaut hatte sich über den lehmigen Weg gezogen. Das Dorf war dunkel und still, hier und da leuchtete eine vereinzelte Hoflampe wie Meeresleuchten in einem schlafenden Meer.

Er vermied die Hauptstraße, kam an Postamt und Bürgerhaus vorbei, überquerte den Sportplatz, wo der Hahn mit dem neuen Wasser noch immer aus dem Kies ragte, und schlich sich auf die Rückseite der Schule. Dort schrieb er mit großen Spraybuchstaben auf beide Seiten der Schulhofsmauer: »Lisa lebt nicht mehr.« Das schrieb er auch zwischen zwei Colareklamen am Imbiß, auf die Grundmauer des Supermarktes und auf den Bretterzaun am Parkplatz. Und dann lief er ins offene Gelände hinaus.

Er hätte die Pfade nach Norden auch blind gefunden. Und eine Stunde später stand er im Garten hinter dem Sägewerk und bewarf das Fenster von Sakkariassens Schlafzimmer mit Steinen. Oben wurde Licht angemacht, und der Alte trat ans Fenster, zuerst nur als flüchtiger Schatten, dann, als Jon weiterwarf, stieß er das Fenster schließlich auf.

»Ist da jemand?« rief er.

Jon ließ ihn dreimal rufen. Dann streifte er die Kapuze vom Kopf und trat ins Licht.

»Ich bin's«, sagte er.

Die alten Augen kniffen sich zu zwei schmalen Schlitzen zusammen. Der Alte erkannte den Eindringling, öffnete den Mund und wich zurück. Jon hörte ein Dröhnen und einen Ruf, und es dauerte fast eine Minute, bis der Mann wieder zum Vorschein kam.

»Was willst du von mir?« rief er heiser.

Jon wollte nichts, jedenfalls nichts, was er hier laut hätte sagen mögen. Dir solche Angst einjagen, daß du etwas unternimmst, hätte er sagen können, aber das wäre nur die halbe Wahrheit gewesen. Er zog wieder die Kapuze hoch und glitt in die Schatten zurück.

Der Alte rief weiter nach ihm, fast schon in Panik. Auch im Erdgeschoß wurde Licht angezündet. Die Haustür öffnete sich, und der Böttcher, von dem Jon das Viertelfaß gekauft hatte, kam in Unterwäsche heraus. Er trat unter Sakkariassens Fenster und fragte, was los sei.

»Da ist jemand«, sagte der Fabrikbesitzer mit schwacher Stimme. Jon hatte sich bis nach hinten in den Garten zurückgezogen und lag jetzt unter einem Strauch. Der Geruch von abgeknickten Johannisbeerzweigen vermischte sich mit dem von faulem Tang und Fischabfällen vom Anleger. Wenn Lisa jetzt wieder neben ihm aufgetaucht war, dann nicht, um ihn zu quälen, sondern um seine Freude zu teilen. Er hörte die rauhe Stimme des Böttchers.

»Und wer soll das sein?«

»Der verrückte Junge. Er war schon wieder hier.«

Ja, dachte Jon. Hier war er sein ganzes Leben lang gewesen, um das alte Schwein zu quälen und ihm Kummer zu bereiten.

»Ich habe ihn mit eigenen Augen gesehen. Genau da, wo du jetzt stehst!«

Der Böttcher stemmte die Hände in die Seiten und schaute sich um, drehte pflichtbewußt in der Dunkelheit einige Runden und sah unter dem einen oder anderen Busch nach. Es gab nichts zu sehen. Und er hörte nur die normalen Geräusche, die Geräusche der Gegend, Meer und Möwenfüße, die über ihren Köpfen auf dem Wellblech herumkratzten – Jon hatte damals kein Geräusch gemacht und hatte das auch jetzt nicht vor.

»Ich sehe nichts«, sagte der Böttcher resigniert und ging zur Haustür zurück.

»Doch, er ist da. Ich schwör's!«

»Nein, sage ich. Hier ist niemand. Jetzt geh wieder ins Bett!«

Das waren im Grunde neue Töne. Niemand – nicht einmal der Böttcher – hatte in den Tagen der Macht so mit Fabrikbesitzer Sakkariassen gesprochen. Jon konnte durchaus recht mit seiner Annahme haben, daß der Alte sein Leben nicht mehr im Griff hatte. Und als der Böttcher die Tür zugemacht und das Licht im Erdgeschoß gelöscht hatte, stand er auf und ging wieder unter das Fenster.

Der Fabrikbesitzer sah ihm ins Gesicht. Zwanzig Sekunden lang, vielleicht eine halbe Minute.

»Ich sehe, daß du da bist«, murmelte er. »Ich sehe, daß du da bist.«

Dann schlug er mit einem Knall das Fenster zu.

Jon lief durch den Garten und sprang über den Zaun.

Die Stimmen folgten ihm auf dem Weg nach Süden, über die bemoosten Felskuppen. Es waren jetzt noch weitere Stimmen zu hören, der Böttcher und noch zwei Männer, und sie stritten sich erregt mit dem Alten im Fenster. Aber das ging ihn nichts an, er war außer Reichweite, und er war zufrieden, als ob er einen komplizierten Befehl bis ins letzte Detail ausgeführt hätte.

14

Er arbeitete drei Tage lang an seiner Wand. Dann brach ein neuer Sturm los, der über vierundzwanzig Stunden wütete, und am Morgen danach mußte er mit seinem Vetter hinausfahren und Netze suchen, die während des Unwetters verlorengegangen waren.

Sie ließen einen Doppelhaken sinken und fingen hier ein Tauende und dort ein Tauende ein, alles jedoch wertlose Reste, und schon am frühen Nachmittag mußten sie Schutz vor einem weiteren Sturm suchen.

Sie vertäuten den Fischkutter und saßen eine Weile zusammen mit einigen anderen Fischern auf den Peddigrohrstühlen vor dem Supermarkt. Der Vetter lud zum Bier ein, und sie unterhielten sich über das Wetter und die Verluste – auch die anderen hatten Netze verloren.

Jon hörte kaum zu. Durch das beschlagene Fenster konnte er die grünen gesprayten Buchstaben an der Telefonzelle vor der Schule erkennen, auf diese Entfernung waren sie nicht zu entziffern.

»Ja, der pure Wahnwitz«, lachte der Vetter und meinte damit das neue Wasser. »Bis hierher ist es gekommen, und nicht weiter.«

Er redete von der Schule.

»Einerseits ist es zu teuer, und jetzt sind auch noch die

Konservativen dagegen, weil die Gemeinde Grundbesitz enteignen muß.«

»Und die sind nicht die einzigen«, sagte einer der Fischer, der selbst im Gemeinderat saß. »Die Bauern behaupten nämlich, daß das Wasserwerk ihre Gräben ruiniert.«

»Was steht eigentlich da hinten an der Telefonzelle?« fragte Jon und versetzte seinem Vetter einen Rippenstoß – die Buchstaben beunruhigten ihn einfach.

Der Fischer beugte sich weit vor und wischte den Tau vom Fenster.

Nein, er konnte es nicht lesen. »Sicher irgendwelcher Blödsinn, den die Kinder sich ausgedacht haben.«

»Steht da nichts von Lisa?«

»Von was für einer Lisa? Nein, ich kann nichts lesen.«

Er verbreitete sich weiter über das Wasser, das jetzt drohte, die Gemeinde in den finanziellen Ruin zu treiben – jedenfalls, wenn man Zeitungen und Lokalradio glauben wollte. Es war sogar schon die Rede davon, den Bürgermeister nach Süden in die Hauptstadt zu schicken und ihn beim Ministerium um Almosen betteln zu lassen.

Jon war völlig außer sich.

»Kommt da hinten nicht Elisabeth?« fragte er ängstlich, als ob er glaube, jeden Moment die Besinnung zu verlieren.

»Du meine Güte«, sagte der Vetter und schaute wieder aus dem Fenster. »Ja, das ist sie, kannst du das nicht sehen? Was ist denn los mit dir – du siehst ganz elend aus!«

Elend? Er fühlte sich ungefähr so wie damals, als er den Schatten im Wasser unter dem Boot der Taucher gesehen hatte, wie damals, als er in der Stadt in der Zeitungsredaktion stand und plötzlich merkte, daß er seinen Augen nicht trauen konnte.

Er packte die Tüte mit Lebensmitteln und Nägeln – an

der Wand fehlte noch ein Querbalken – und verließ die anderen.

Seine Schwester kam ihm entgegengelaufen, nahm seinen Arm und schien munter und unbeschwert zu sein, wie früher, wenn er mit heiler Haut vom Meer gekommen war.

»Wir gehen zusammen nach Hause«, sagte sie. »Ich muß dir etwas erzählen. Hans sagt, er will sich scheiden lassen. Wie findest du das?«

Schlimmer hätte es gar nicht kommen können. Er starrte die ungeheuerlichen Buchstaben an – sie waren einfach zu wirklich!

»Es ist ja nicht das erste Mal«, sagte Elisabeth. »Und vielleicht ist ja auch diesmal kein Verlaß auf ihn, aber ... ich hoffe ja trotzdem ... kannst du das verstehen?«

»Nein.«

»Himmel, daß ein Mann so wichtig werden kann! Vor zehn Jahren habe ich überhaupt nicht an Männer gedacht, oder ich habe sie für selbstverständlich gehalten – ich weiß nicht mehr. Damals fand ich Politik wichtig, meine Ausbildung, alles, was ich nach dem Examen machen wollte, und jetzt bin ich ganz abhängig ... nun hör mir endlich zu, Jon!«

»Ja, schon gut.«

»Dann könnte ich mit dem Gequengel aufhören, und wir könnten wie normale Menschen leben. Du hast ja am meisten darunter zu leiden. Weißt du noch, wie Mama gestorben ist und wir allein waren, und du warst doch noch so ein kleiner Wicht, aber ich konnte es nicht ertragen, ich hab so getan, als ob ich nichts gesehen hätte, als du damals in den Brunnen gefallen bist ...«

Sie hatten jetzt die Schulbusse erreicht. Die Kinder strömten vom Schulhof. Elisabeth lächelte und winkte. »Es wird mir sicher schwerfallen, sie zu verlassen. Ja, für mich sind sie fast wie *meine* Kinder. Ich liebe diese Insel wohl doch mehr, als mir bewußt ist. Ach, Jon, ich hoffe, daß du das nie erleben mußt – zu wissen, daß dich jemand betrügt, und ihm trotzdem zu glauben, weil du ihm glauben mußt – das ist schrecklich.«

Jon las laut von der Mauer ab, daß Lisa nicht mehr lebte. *Grüne* Buchstaben, dachte er.

»Ja, ist das nicht makaber?« fragte Elisabeth. »Wir haben heute im Kollegium darüber gesprochen. Du warst das doch wohl nicht – nach deinem ganzen Gerede über Lisa in der letzten Zeit!«

»Nein.«

»Ich hätte das auch nicht geglaubt. Wir haben überlegt, ob wir Anzeige erstatten sollen, aber die meisten wollen es lieber in aller Stille übermalen. Das verschlimmert doch nur alles, wenn man es an die große Glocke hängt.«

Eine Schar von Kindern, die denselben Weg hatten, umringte sie. Ein kleines Mädchen faßte Elisabeth an der Hand und erzählte eine dramatische Geschichte von einem Sprungseil auf dem Schulhof.

Jon blieb ratlos stehen. Er reichte seiner Schwester die Tüte mit den Lebensmitteln, bat sie, schon vorzugehen, rannte zurück zur Telefonzelle und wählte die Nummer des Lensmannsbüros in der Stadt. Niemand antwortete. Und während es am anderen Ende der Leitung noch klingelte, sah er durch die spiegelverkehrten Buchstaben Elisabeth über die Straße gehen – zusammen mit ihren Kindern. Er erbrach sich. Zweimal.

Dann schaffte er es, die Nummer noch einmal zu wählen. Wieder vergeblich. Er versuchte es mit einer anderen Nummer. Endlich hatte er dann den Lensmann an der Strippe. »Hat Sakkariassen mich noch einmal angezeigt?« fragte er atemlos.

Der Lensmann brauchte eine Weile, um zu begreifen, wovon hier die Rede war. Es war seine Privatnummer, und vermutlich hatte er sich gerade vom Mittagstisch erhoben.

»Nein«, sagte er. »Warum sollte er? Bist du wieder bei ihm gewesen?«

»Nein.«

»Also, was willst du eigentlich?«

Das wußte Jon selber nicht. Er konnte nur seine Frage wiederholen. Der Lensmann schnaufte genervt in die Sprechmuschel.

»Er hat seine Anzeige zurückgezogen«, sagte er. »Wolltest du das von mir wissen?«

»Äh ... ja.«

»Und er hat keinen Grund genannt. Du hast ihn doch wohl nicht bedroht?«

»Nein.«

»Das will ich wirklich hoffen. Es gefällt mir nicht, wenn du mich anlügst, Jon.«

»Ich lüge nicht.«

»Und was hat das alles nun zu bedeuten?«

Wieder blieb Jon die Antwort schuldig.

»Hast du vielleicht auch die Schulhofsmauern versaut?«

»Nein.«

»Hör zu, Jon. Ich weiß nicht, ob du den Alten belästigt hast oder nicht, und jetzt, wo er seine Anzeige zurückgezogen hat, ist es ja auch egal. Aber ich schlage vor, du gehst jetzt nach Hause und sprichst mit Elisabeth. Erzähl ihr, was dich quält. Sie versteht, was mit dir los ist.«

Er ging nicht nach Hause. Er folgte der Hauptstraße nach Norden, fort vom Dorf und von den Menschen. Hier sah er, daß die Katzenschwänze auf den Brachfeldern aussahen wie verrosteter Stacheldraht. In den aufgeweichten

Wiesen lagen noch einige grauschwarze Heureuter auf den Knien. Ein Kalb stand brüllend im Schneematsch, dann sah er mehrere Autowracks... so sollte ein Leben nicht aussehen. Er konnte es nicht mehr ertragen.

Er lief auf das Feld und beschrieb einen großen Bogen nach Süden, dann stand er beim Gemeindeamt und der Arztpraxis.

Der Arzt war in Straßenkleidung, er wollte gerade nach Hause gehen.

»Ich sehe schlecht«, keuchte Jon.

»Du *siehst* schlecht?«

Aber der Arzt lachte nicht. Jon war kein Hypochonder, und er war auch keiner, der aus purem Jux zum Arzt ging – bei seinen wenigen Besuchen hier war er hergeschleift worden. »Gehen wir hinein«, sagte der Arzt.

Jon erfand eine Geschichte über den Vormittag. Er sei mit seinem Vetter ausgefahren, um Netze zu suchen, habe aber nichts gesehen, keinen einzigen Bambusstock habe er entdecken können – Frank habe alles entdeckt, das wenige, was sie gefunden hatten.

»Und er wußte wohl auch, wo ihr nachsehen solltet?« fragte der Arzt.

Das mußte Jon zugeben.

Er stand hinter einem Strich und las Buchstaben von einer Tafel hinten im Sprechzimmer ab. Er konnte sie alle sehen, mit einem Auge, mit beiden, auch die w und z in der untersten Zeile. Sie setzten sich wieder.

»Wie geht's dir denn sonst? Hast du noch immer Migräne?«

»Nein. Fast nie.«

»Kannst du schlafen?«

»Ja.«

»Nimmst du deine Medizin?«

135

Jon wand sich. Im Laufe der Jahre waren viele Ärzte hiergewesen, und sie hatten sehr unterschiedliche Meinungen über die Verwendung von Medikamenten gehabt – er wußte nicht mehr, welche Antwort gerade dieser Mann hier hören wollte.

»Äh... nein«, sagte er versuchsweise.

»Und das geht gut?«

»Tja.«

»Gut. Wir haben hier auch so schon Abhängige genug. Was möchtest du mir nun eigentlich erzählen, Jon, nun komm schon zur Sache.«

»Ich bin so vergeßlich.«

»Was vergißt du denn?«

Kleinigkeiten aus den letzten beiden Jahren. Kindheit, Jugend, die Jahre auf den Baustellen und beim Fischen – alles saß wie angenagelt in seinem Gedächtnis; Landschaften, Gesichter und Ereignisse; aber die letzten beiden Jahre waren auseinandergebrochen, sie verschwanden und tauchten in den seltsamsten Kombinationen und Zusammenhängen wieder auf.

»Schocksymptome«, sagte der Arzt und zuckte mit den Schultern. »Hast du etwas Trauriges erlebt – tja, vor etwa zwei Jahren?«

Jon fiel nur ein, daß Lisa damals nach Kopenhagen durchgebrannt war und die Insel verlassen hatte, aber das erwähnte er nicht.

»Ich sehe hier in deinen Unterlagen, daß mein Vorgänger dich als depressiv bezeichnet hat, er wollte dich an einen Spezialisten überweisen, aber soviel ich sehen kann, hast du dich geweigert?«

Jon nickte.

»Wir ziehen weg«, sagte er.

»Ach. Findest du das traurig?«

»Ja. Und...«
»Ja, ja, nun sag schon – ich bin doch hier, um mir das anzuhören.«
»Elisabeth will mich nicht mitnehmen.«
»Was? Was für ein Unsinn. Natürlich will sie dich mitnehmen.«
»Ja, vielleicht, aber ich bin im Weg.«
»Das sind wir alle bisweilen. Glaub mir. Ich kann mir vorstellen, daß sie dich nicht...«
»Sie will heiraten.«
»Ach. Und du magst den Mann nicht?«
»Nein.«
»Und er dich nicht?«
»Nein.«
»Auch das ist nicht gerade außergewöhnlich. Macht dir das wirklich so zu schaffen?«

Nein, eigentlich habe er nur hören wollen, daß er gesund sei.

Der Arzt konnte ihm schmunzelnd versichern, daß Jon in dieser Hinsicht wirklich eine Ausnahme sei. Normalerweise wimmelte es in seinem Sprechzimmer von Leuten, die davon überzeugt waren, daß sie krank waren, die genau wußten, was ihnen fehlte und was sie brauchten, um wieder gesund zu werden.

»Wir können dich natürlich durchchecken, aber ehrlich gesagt...«

Jon ging.

Elisabeth war an diesem Abend wehmütig gestimmt, sie hatte Gewissensbisse. Sie sagte, sie fürchte sich vor den Folgen von allem, was sie da angerichtet hatte – wenn Hans aller Wahrscheinlichkeit zum Trotz wirklich mit ihr kommen wollte.

Sie tranken Kakao und waren wieder eine Art Familie, sie hatte das Strickzeug auf dem Schoß, er saß im Schaukelstuhl und starrte seine Handflächen mit den endlosen Kurven aus Dreck und Schicksal an.

»Lisa ist tot«, murmelte er vorsichtig.

»Unsinn. Das stimmt nicht, auch wenn es an den Mauern steht.«

»Woher weißt du das?«

»Jon, du darfst dir von so was keine Angst einjagen lassen!«

»Die Taucher haben im Herbst im Langevann etwas gefunden. Das hätte sie sein können.«

Damit überschritt er einwandfrei sämtliche Grenzen, aber er lebte in konstanter Unruhe, war das reinste Nervenbündel, und das hier war der pure Reflex.

»Jetzt gehst du wirklich zu weit«, sagte sie ruhig. »Das ist nur ein makabrer Scherz. Und ich gebe dir keine fünf Öre für die Schatten, die du im Langevann gesehen haben willst. Opa hat im Langevann auch Schatten gesehen – weißt du das nicht mehr? Damals haben sie eine Seeschlange vermutet, er ist deshalb sogar im Radio interviewt worden.«

»Ja, aber...«

»Und du hast eine ziemlich üppige Phantasie. Weißt du noch, wie der Sturm das Dach von Karls Scheune gefegt hat und wie es auf der Straße gelandet ist – du hast geglaubt, die ganze Insel ginge unter, der Atomkrieg sei ausgebrochen, das Jüngste Gericht gekommen, ich weiß nicht mehr, was sonst noch alles.«

»Damals war ich zehn oder sieben...«

»Du warst *fünfzehn!* Das war im Sommer nach deiner Konfirmation.«

»Nein, das war im November...«

»Das war im Juli! Mitten in der Heuernte. Die Heureuter wurden ins Meer geweht – weißt du das nicht mehr?«

Doch, das wußte er noch.

»Und Lisa geht es bestens. Ich habe sie erst vor zwei Monaten gesehen. Sie mußte die Insel verlassen, weil sie sich nicht mit ihrem Vater verstanden hat – und, ehrlich gesagt, auch mit sonst niemandem, und jetzt wohnt sie bei Verwandten im Süden. Du mußt das endlich mal kapieren. Du bist jetzt erwachsen. Das Leben ist kein Kriminalfilm. Meistens ist es ziemlich langweilig...«

Sie konnten hören, wie es draußen aus der Dachrinne tropfte. Ihre Stricknadeln klapperten beruhigend, und die alte Uhr an der Wand tickte in ihrem üblichen einschläfernden Rhythmus.

»Ich soll auch dieses Jahr für Karl Schafe suchen.« Jon kehrte zum Alltag zurück.

»Ach. Bezahlt er dich denn dafür?«

»Neeee...«

»Das hätte mich auch überrascht. Weißt du, was er dafür haben wollte, daß er Hans' Wagen aus dem Graben geholt hat?«

»Nein.«

»Dreihundert Kronen! Dieser Gierschlund. Ich finde, du solltest dir zu schade dafür sein, gratis für ihn zu arbeiten, der hat Geld genug.«

Das hatte er sicher, Kühe und Stiere in Mengen, das Amt für Naturschäden und die viele Schwarzarbeit, ganz zu schweigen von dem Schadensersatz, den er der Gemeinde abgeluchst hatte, weil die Wasserleitung über seinen Boden führte.

Im Grunde war Karl wohl besser dran als die meisten anderen Bauern auf der Insel, auch wenn sein Hof wie eine Ruine aussah.

Als Jon an diesem Abend im Bett lag, dachte er an Georg. Es machte ihm zu schaffen, daß der Taucher nichts von sich hören ließ. Er hatte die Insel vor über einem Monat verlassen, und für dieses lange Schweigen konnte Jon keine beruhigende Erklärung finden.

15

Von der Felskuppe aus konnte er das ganze Dorf sehen, die verstreuten Häuser im Norden der Insel und den unendlichen Schärengürtel. Jon suchte Schafe, nicht wegen des Geldes – Karl würde ihm ja schließlich keine fünf Öre geben –, sondern, um von zu Hause wegzukommen. Dort wurden die Umzugspläne inzwischen nämlich in die Tat umgesetzt. Elisabeth packte die ganze Zeit, hier ein Bild, dort eine Lampe, zwischen Schulschluß und Schlafengehen. Langsam, aber sicher zerlegte sie seine vertraute Welt aus Wänden und Brettern und stopfte sie in graue Kartons, die überall herumstanden und aus seinem Zuhause ein Lager machten.

Er hatte endlich sein Geld für die Arbeit im Langevann bekommen, und in seiner Verzweiflung hatte er auch für die Westwand Bretter gekauft. Aber es war zu spät. Elisabeth ließ sich von seinen »sinnlosen« Investitionen nicht mehr beeindrucken.

»Spring ins Meer«, sie lachte ihm einfach ins Gesicht, ihre Entscheidung war endgültig.

Also ging er in die Berge. Hier befand er sich wenigstens in wehmütiger Entfernung von dem verlorenen Dorf. Unten war es jetzt still. Die Fischerei war für dieses Jahr beendet, und der Hering lag gewürzt und gesalzen in den

Fässern hinter dem Sägewerk, die Weidezeit war vorüber, Leitungsbau und Wasserwerk ruhten, auf allen Seiten war Herbst, ein wenig feuchter Schnee, braunes Feld und schwarze Berge, so weit das Auge reichte.

Er schloß die Augen, lehnte den Kopf an die Felskuppe und wußte, er wäre ein glücklicher Mann gewesen, wenn er nur sein vertrautes Zuhause hätte behalten dürfen. Der Schatten war jetzt aus seinem Kopf verschwunden, und er hatte keine Visionen mehr. Er konnte die Trägheit von Herbst und Winter genießen, er genoß sogar die Gesellschaft von Karl und dessen verwahrlosten Schafen. Er konnte vorsichtig mit dem Kopf gegen den Stein schlagen und einfach nur dasein – mehr wollte er nicht verlangen.

Ein wenig Kies und kleine Steine fielen in die Senke unter ihm. Er hörte Rufe und eilige Schritte. Als er die Augen öffnete, sah er, daß sich Birkenzweige am Hang gegenüber bewegten.

Bei einem Bach in einem überwucherten Tal gleich in der Nähe traf er die beiden anderen jungen Leute, Kari, die auf dem Fest mit Georg zusammen gewesen war, und einen Melker, der sich an einem nassen Bündel zu schaffen machte, das zwischen ihnen auf dem Boden lag. Einem Kleiderbündel, das eine Handtasche enthielt, die Jon sofort erkannte.

»Was ist das denn bloß?« fragte Kari und trat ängstlich von einem Fuß auf den anderen.

»Ein Mantel und eine Tasche«, sagte der Melker.

»Igitt«, sagte sie. »Laß es liegen, und wir gehen weiter. Weiter oben sind sicher noch Schafe.«

»Ich habe es unter dem Stein dahinten gefunden.«

Er zeigte auf eine höhlenartige Senke unter einer bemoosten Steinplatte.

»Das ist doch kein Grund zur Aufregung.« Jetzt war

auch Jon dabei. »Wovor hast du denn Angst – vor einem Kleiderhaufen?«

»Ich hab doch keine Angst. Ich finde es nur ... ekelhaft.«

Jon schaute in die Senke. Sie war gerade so groß, daß ein Mensch hineinkriechen und sich dort verstecken könnte. Er überlegte, ob er wohl schon einmal hiergewesen sein mochte.

»Jetzt leg es schon hin«, quengelte Kari. »Wir müssen weiter.«

»Das gehört Lisa«, sagte Jon. Und der Melker ließ das Bündel fallen. Er dachte wohl an die Schrift an den Mauern, unten im Dorf.

In diesem Moment kam Karl den Hang heruntergerutscht und fragte, warum sie hier untätig herumlungerten. Er erhielt keine Antwort.

Jon hob das Bündel hoch und öffnete die Tasche. Sie enthielt einen rosa Kamm, einen zerbrochenen Handspiegel, eine kleine Tüte mit klebrigen Bonbons und eine von der Feuchtigkeit verfärbte Plastikbrieftasche. Schloß und Griff der Tasche wiesen keinerlei Rostspuren auf, im Futter der Tasche oder in den Kleidern saß keine Fäulnis. Das Bündel konnte hier nicht länger als seit zwei Monaten liegen.

»Woher weißt du, daß es ... ihr gehört?« fragte Kari, und Jon fiel auf, daß sie Lisas Namen nicht genannt hatte.

»Ich hab es wiedererkannt«, sagte er. »Das ist ihr Kamm.«

»Der kann doch aller Welt gehören«, meinte der Melker.

»Igitt«, sagte Kari noch einmal. »Daß du das anfassen magst!«

»Warum sollte ich es nicht anfassen?«

Ihre Angst ging ihm auf die Nerven.

»Hast du nicht gesehen, was die Kinder im Dorf an die Mauern schreiben?« fragte Karl. »›Lisa ist tot‹ steht da.«

»Das waren nicht die Kinder«, sagte Jon.

»Ach. Und wer dann? Erwachsene kommen doch wohl nicht auf solche Ideen.«

Jon sah die Kleider an. Eine lange Hose, einen Mantel und einen Pullover, den sie selber gestrickt hatte; sie waren auf dieselbe verblüffend einfache Weise wirklich und greifbar wie die Schrift an den Wänden.

»Mir macht das nichts aus, es anzufassen«, murmelte er. »Das ist doch ganz normal. Ich kann mich sogar mit dem Kamm kämmen, schaut mal.«

Er zog sich den Kamm zweimal durch die Haare, dann stand Karl vor ihm und riß ihn ihm aus der Hand.

»Hast du den Verstand verloren, Junge?« rief er. »Das ist kein Witz. Was, wenn sie hier irgendwo liegt?«

Jon lachte.

»Warum sollte sie hier liegen?« fragte er.

»Ihre Kleider sind doch hier.«

»Ja, was, wenn...«, überlegte Kari.

»Hast du vielleicht schon einmal eine Leiche gesehen?« fragte Karl. »Nein, hast du nicht, Jon. Aber ich habe das, und sie stinken, das kann ich dir sagen. Merkt ihr was? Stinkt es hier?«

»Ich will weg hier«, sagte Kari. »Bitte!«

»Nein«, sagte der Melker. »Vielleicht ist sie da drinnen!«

Er nickte zur Höhle unter dem Stein hinüber. »Wir müssen mal nachsehen.«

»Ja«, sagte Karl. Er betrachtete den Kamm, den er Jon weggenommen hatte, und wußte nicht, was er damit anfangen sollte. Jon nahm ihn wieder an sich und steckte ihn in die Tasche.

»Ich sehe nach«, sagte er.

»Nein, nein«, sagte Kari. »Du nicht. Laßt es, alle... jetzt gehen wir nach Hause und sagen dem Lensmann Bescheid.

Seht euch doch Jon an, seht ihr nicht, wie komisch er ist? Hast du Angst, Jon?«

Jon kam sich weder komisch vor, noch hatte er Angst. Karl musterte ihn forschend.

»Nein«, entschied der Bauer. »Bei dem ist alles in Ordnung. Oder, Jon?«

Jon nickte.

»Du hast Angst, Kari, nicht wir.«

»Nein, nein, es geht ihm nicht gut, ich hab's euch doch gesagt – das kann ich sehen! Und ich will nicht mehr hier sein.«

»Dann geh doch nach Hause.«

»Allein? Nie im Leben. Trond?«

»Halt die Fresse. Wir können doch nicht weggehen, ohne nachgesehen zu haben!«

»Ich seh nach«, sagte Jon.

»Da siehst du, Jon hat keine Angst, oder?«

»Natürlich nicht.«

»Tu das nicht, Jon. Tu das nicht!«

»Halt die Fresse!« brüllte er. »Ich tu's, habe ich gesagt. *Ich tu's!*«

Schweigen. Nachdem alle ihre Angst gezeigt hatten, wollte nun die Neugier ihr Recht. Der Melker lächelte unsicher, der Bauer nickte langsam, und Kari knabberte stumm an ihren rotlackierten Fingernägeln.

Wenn ich sie finde, dann habe ich sie gefunden, dachte Jon vage und sah sich kurz um. Dann kroch er auf allen vieren in die Höhle. Sie war nicht tief, kaum tiefer als sieben oder acht Meter, ein leeres Loch am Hang, und als seine Augen sich an die Dunkelheit gewöhnt hatten, war außer nassem Sand und Kies, einer feuchten, bemoosten Felswand und einigen verfaulten Blättern, die der Wind hereingeweht hatte, nichts zu sehen.

»Da ist nichts«, sagte er, als er wieder zum Vorschein kam.

Sie sahen zu, wie er sich den Sand von den Kleidern bürstete, und plötzlich kamen ihnen Zweifel. Sie hatten keine Angst mehr, nicht einmal Kari, und die Enttäuschung war offenbar.

»Nichts?«

»Nein, nichts.«

Sie blickten einander fragend an, verlegen, vielleicht, weil sie sich von einigen schnöden Kleidern und einem rosa Kämmchen hatten mitreißen lassen.

»Dann sehe ich eben selber noch mal nach«, sagte Karl irritiert und kroch ebenfalls auf allen vieren in die Dunkelheit. Er war nur für wenige Sekunden verschwunden und kroch dann, rot vor Aufregung, wieder nach draußen.

»Und was ist das hier?« rief er und hielt Jon ein weiteres Kleiderbündel vor die Nase. »Kannst du mir das erzählen?«

»Ein Kopftuch. Lisas. Und ein Hemd. Auch Lisas.«

Er faßte sich an den Kopf.

»Nein!« sagte er.

Ungläubig, verzweifelt. »Das habe ich nicht gesehen. Das war nicht da!«

»Natürlich war es da. Ich habe es doch selber gesehen!«

»Nein, nein...«

»Jetzt reiß dich zusammen. Meinst du, ich hätte das hergezaubert?«

»Jetzt will ich wirklich nicht mehr hier sein«, sagte Kari, ging los, aber niemand achtete auf sie, und nach einigen Metern blieb sie wieder stehen.

»Und die Leiche?« fragte der Melker mit unangebrachtem Grinsen. »Irgendwer muß doch in den ganzen Klamotten gesteckt haben!«

»Das ist doch klar. Die Kleine liegt bestimmt hier irgendwo.«

»Ich habe nichts gesehen!« wiederholte Jon mechanisch und zerrte an den nassen Kleidungsstücken. Er fiel auf die Knie und kroch noch einmal in die Höhle, entdeckte aber nicht mehr als beim ersten Mal, Kies, Sand, die bemooste Felswand und die verfaulten Birkenblätter. Aber jetzt wußte er plötzlich wieder, daß er hier als Kind gespielt hatte, natürlich immer zusammen mit Lisa, nicht oft, die Höhle war zu abgelegen, aber wenn sie eine ernsthafte Expedition unternehmen und die Grenzen der Welt erweitern wollten.

»Ich hab es nicht gesehen!« brüllte er, als er wieder zum Vorschein kam. Sein Kopf schmerzte wie nach einem harten Schlag. Er hätte ihn gern geöffnet, mit einem scharfen Messer aufgeschnitten, damit der entsetzliche Inhalt ins Licht fließen und sichtbar werden könnte.

»Das macht doch nichts«, sagte Kari, nahm ihn bei der Hand und zog ihn weiter. »Alle können sich doch irren. Und da drinnen ist es doch so dunkel!«

»Nein, nein, ich habe alles andere gesehen, Steine, Sand...«

»Ja, ja. Aber deshalb brauchst du dich doch nicht so aufzuregen!«

Der Fund erregte gewaltiges Aufsehen.

Die Kleider wurden dem Lensmann übergeben, Sakkariassen und Lisas Geschwister identifizierten sie, ein technischer Experte aus der Stadt untersuchte sie und schickte sie zu genauerer Analyse in die Hauptstadt.

Dreißig oder vierzig Mann durchkämmten Hänge und Berge in der Nähe der Höhle, die Schulkinder hielten die Augen offen, und die Bevölkerung mißtraute den Nachbarn und dem eigenen Gedächtnis. Es stellte sich heraus, daß Lisas Verwandte im Süden sie nach ihrem letzten Besuch auf der Insel, im September, nicht mehr gesehen hatten, aber es kam häufiger vor, daß sie ihren monatlichen Pflichtbesuch ausfallen ließ. Ihr Arbeitgeber hatte einige Male bei ihr vorbeigeschaut und nur ein leeres Zimmer vorgefunden, hatte das aber nicht für einen Grund zur Besorgnis gehalten – die Frau war ja so unzuverlässig! Ihr Vater wurde gefragt, warum er sie nicht längst vermißt gemeldet habe, aber dazu habe es einfach keinen Grund gegeben, antwortete er; sie standen nicht regelmäßig in Kontakt, ihr Verhältnis war einfach zu schlecht; nur Lisas ältere Schwester hörte ein einziges Mal von ihr, zwischen zwei Briefen konnten Wochen und Monate vergehen. Lisa hatte ihr ganzes Leben schon seltsame Dinge angestellt, sie war schon häufiger durchgebrannt und hatte unzählige Male Ärger gemacht – ganz ohne Grund.

Jon hielt sich aus allem so ziemlich heraus. Er kam ganz aufgelöst aus den Bergen zurück und warf eine Handvoll Schlaftabletten ein. Elisabeth fand ihn im Koma und informierte den Arzt, und der kam sofort, hob Jons Augenlider, maß ihm den Puls und sicherte sich den restlichen Inhalt des Medizinschränkchens. Einen guten Tag später war Jon wieder bei Bewußtsein, verwirrt, aber nicht mehr verzweifelt. Elisabeth machte ihm keine Vorwürfe. Sie kochte seine Lieblingsspeisen, machte ihm Kakao und hörte für einige Tage sogar mit Packen auf, um ihn keinen weiteren Belastungen auszusetzen.

Als er wieder bei klarem Bewußtsein war, rief er den Lensmann an und erzählte ihm, was er im Langevann gesehen habe – er hatte sich Elisabeth anvertraut, und die meinte, der Lensmann müsse auch informiert werden.

Aber das Langevann lag im Süden der Insel, mehrere Kilometer von der Höhle am Hang entfernt, und der Lensmann hatte kein weiteres Vertrauen zu Jon, es gab genug andere, die sich in diesen Fall wichtig zu machen versuchten. Trotzdem aber ließ er die Seeufer untersuchen, setzte auch einige Sporttaucher ein und rief Georg an. Sie fanden nichts, erfuhren nichts.

»Ich muß schon sagen, langsam habe ich dich satt«, sagte er, als Jon wieder anrief, um sich nach den Fortschritten bei der Suche zu erkundigen.

»Ja, das kann ich mir denken«, sagte Jon.

»Hast du in letzter Zeit überhaupt irgendwas von Lisa gehört?«

»Nein.«

»Und diese nächtlichen Besuche bei ihrem Vater?«

»Das war ich nicht, das hab ich doch gesagt.«

»Und die Sauereien an den Wänden im Ort?«

»Nein.«

Er überlegte sich, daß diese Antworten auch das genaue Gegenteil hätten sein können – es ging ja doch alles in eine Richtung.

»Natürlich haben die Taucher keine Leiche gefunden, ohne Bescheid zu sagen – du spinnst doch!«

»Na gut.«

»Und was du vielleicht auf vierhundert Meter Entfernung gesehen hast, in der Morgendämmerung, unten im Wasser ... das ist doch nun wirklich für nichts ein Beweis.«

»Nein, nein.« Immerhin hatte er nun Bescheid gesagt.

Eines Abends kam Karl mit einer Flasche Schnaps und setzte sich auf die Bettkante des Kranken.

»Ich habe viel nachgedacht«, nuschelte er, »hast du diese kleine Irre umgebracht, oder nicht?«

»Nein.«

»Die war ganz schön komisch, nicht wahr?«

»Doch, war sie wohl.«

»Mir kannst du alles sagen, weißt du?«

»Ja.«

»Ich kenn dich schon mein Leben lang. Ich bin dein Nachbar, dein nächster Nachbar, vergiß das nicht.«

»Nein.«

»Ja.«

»Also, warst du's?«

»Nein.«

»Und dann diese ganze Aufregung«, der Bauer war verwundert. »Wegen einer kleinen Verrückten, die vielleicht noch nicht mal tot ist. Ich hab das auch der Frau gesagt – Lisa versteckt sich irgendwo und lacht über uns, hab ich gesagt. Die war so eine, die sich versteckt und die Leute dann ausgelacht hat, was?«

»Ja.«

»Ja, du hast sie ja gekannt, Jon, gut sogar, deshalb hab ich auf dich getippt.«

Diese letzte Bemerkung wurde von Elisabeth aufgeschnappt, die im Nebenzimmer Handtücher in einen Koffer packte. Sie kam herüber und schimpfte den Gast aus. Wenn dieses alte Schwein ihren Bruder für einen Mörder hielt, dann war das alte Schwein reif fürs Irrenhaus, und auch der Suff war da keine Entschuldigung, blau war er schließlich dauernd.

Karl mußte gehen.

Ein neuer Sturm erhob sich. Diesmal kam er von Nordwesten, und er brachte schweren Schnee, der sich in Wehen um das Haus legte und Täler und Mulden einebnete.

Die Aufregung legte sich ein wenig. Lisa wurde nicht

gefunden, weder tot noch lebendig. Der ungeheuerliche Satz wurde von den Wänden entfernt, die Analyse der Kleider legte kein Verbrechen nahe, und die Suchmeldungen in den Zeitungen hatten nicht die geringste Ähnlichkeit mit denen, die ihr damals nach Kopenhagen gefolgt waren – diesmal wurde nicht soviel Lärm geschlagen, es gab nur eine trockene Notiz von der Größe einer Todesanzeige.

Schon nach wenigen Tagen waren die Presse und überhaupt die meisten Menschen davon überzeugt, sie sei umgekommen. Und ohne die fatale Schrift an der Wand hätten sich alle in den Kopf gesetzt, Lisa habe Selbstmord begangen oder sei im Gebirge abgestürzt. Danach hätten sie in aller Ruhe abwarten können, ein Jahr vielleicht, gerade so lange, als Sitte und Anstand es verlangten, um dann in aller Stille an einem anonymen Donnerstagnachmittag zwischen zwei Jahreszeiten einen Stein mit ihrem Namen auf den Friedhof bei der kleinen grauen Kirche zu schaffen, so, wie man es immer gehalten hatte, wenn Fischer auf See geblieben waren. Aber da war nun einmal diese Schrift gewesen.

Und diese Schrift erweckte Unruhe. Die Menschen teilten sich in zwei Lager, eines glaubte, Lisa habe alles selber geschrieben, um sich dann das Leben zu nehmen, die eher skeptischen Intelligenzen wollten die bequeme Auffassung der Mehrheit nicht hinnehmen und glaubten an Mord – für sie war die Schrift an der Wand die Signatur eines kranken Mörders. Es gab noch ein drittes kleines Lager, in dem die wenigen vertreten waren, die Lisa wirklich gekannt hatten: Sie glaubten nichts. Sie nickten stumm, wenn das Thema zur Sprache kam und wollten mit ihrem abschließenden Urteil lieber warten.

Jon fand wieder zu sich. Elisabeth war für einige Tage verreist, um sich um die neue Wohnung zu kümmern, und er verbrachte die Nachmittage im Schlafsack auf der Vordertreppe, er sah die weißen Schneeflocken aus dem grünen Winterhimmel fallen und gab sich alle Mühe zu vergessen.

Sein Vetter, der Fischer, kam zu Besuch, im Fjord gab es Kabeljau, und er wollte mit Jon am nächsten Morgen Netze auslegen – zehn Zuber, zehn schafft man nicht allein, dazu muß man mindestens zu zweit sein. Nun?

Nein, Jon wollte nicht mit ausfahren.

Aber der Vetter setzte ihm weiter zu, bis er ja sagte. Das sagte er allerdings nicht, weil er mitkommen wollte, sondern um seine Ruhe zu haben.

Am nächsten Tag erschien der Vetter deshalb wieder und wollte wissen, warum Jon nicht wie abgemacht am Anleger erschienen sei. Jon hätte das auch gern gewußt.

»Ja«, murmelte er kopfschüttelnd. »Wo wir das doch abgemacht hatten...«

Darauf gab es keine Antwort, und deshalb ging der Vetter.

Auch Marta schaute herein, sie wollte erzählen, daß Nils seit Wochen nicht mehr draußen gewesen sei, er saß am Küchentisch und heulte.

Jon wies sie ab.

Soll der alte Kerl doch heulen, dachte er laut, als sie gegangen war. Ich habe nun wirklich andere Sorgen.

Die Sache wurde nicht besser, als Elisabeth zurückkam, hektisch und mehr denn je im Zweifel über ihre Entscheidung – die Wohnung war schön, die Gegend in Ordnung, die Stadt spannend –, alles also bestens, nur war es hier auf der Insel auch schön, das sah sie jetzt, in der Stadt hatte sie sogar ein wenig Heimweh gehabt. Sie mußte einfach schneller packen! Etwas tun! Und er sollte sich daran beteiligen. Er zog ja schließlich ebenfalls um.

Er sagte halbherzig ja, aber soweit er sehen konnte, hatte sie schon das meiste eingepackt, auch seine Sachen – er hatte während ihrer Abwesenheit sogar einige Kleidungsstücke wieder auspacken müssen, eine saubere Hose, Besteck, das er auch für eine einfache Essenszubereitung benötigte...

Er fing jetzt langsam an, die Gegend zu hassen, nicht nur die Stacheldrahtrollen und die Autowracks, die nicht angestrichenen Häuser, die schon vor Bauschluß zu verfallen begannen, er haßte jetzt auch das, was er sonst geliebt hatte, Nils' Stein am Ebbestrand, die Eberesche im Garten mit dem in die Rinde geschnitzten Herz, das er sich jeden Tag ansah, seit Lisa und er es einst in ihrer Pubertät dort eingeritzt hatten. Es war scheußlich hier. Keine Ordnung. Alles war schief und fehl am Platz. Was sollte er tun?

16

Er packte.

Es war ein harter, schmerzhafter Prozeß, widernatürlich und gegen die Strömung. Ein Bild, das sein Leben lang dort gehangen hatte, wo es hingehörte – Großvater ruht sich aus –, wurde aus seinem Zusammenhang gerissen und in einen Karton gesteckt. Einen Krug, den der Vater aus Malaysia mitgebracht hatte, ein kleiner Blumentisch, den seine Mutter immer wieder putzte und neu anstrich, damit er endlich schön genug wäre, und den sie jedes Jahr zu Weihnachten mit Watte und kleinen Weihnachtsmännern geschmückt hatte, und und und... Im Mausoleum seines Lebens wurde ein Stein auf den anderen gelegt. Er wurde damit nicht fertig.

Er fing an, Lebensmittel aus dem Haus zu schmuggeln: Kaffee, Knäckebrot, Konservendosen, Margarine und anderes. Er machte zusätzlich zu dem, was auf dem täglichen Zettel stand, noch private Einkäufe und verstaute alles im alten Kartoffelkeller, wenn Elisabeth in der Schule war. Er brachte Kleider weg, wenn sie es nicht sah, nahm sie aus Schubladen und auch schon gepackten Kartons – eine alte Windjacke mit Pelzkragen, nicht mehr benutzte Handschuhe, Schals, Socken und andere Wäsche zum Wechseln, alte und unwichtige Dinge; die neuen ließ er liegen, zusammen mit den Waffen, damit Elisabeth bei seinem Verschwinden wissen würde, daß er nicht einfach auf eine seiner Gebirgstouren gegangen war, sondern auf seine letzte Wanderung, verzweifelt, fast auf Strümpfen, zum Langevann, um sich dort zu ertränken.

Am Nachmittag, ehe er seinen Plan in die Tat umsetzen wollte, geschah etwas Unvorhergesehenes. Hans tauchte in den Stundenplänen auf, die der Rektor für das nächste Jahr gemacht hatte. »Er hat mich wieder betrogen«, sagte Elisabeth und machte sich nicht einmal die Mühe, den Schnee von ihrem Pelz zu wischen, ehe sie ihn in den Schrank hängte. »Er hat natürlich nicht gekündigt.«

Sie war wütend, eher auf sich selbst als auf Hans – der war nun einmal so. Aber das bedeutete wohl auch, daß jedes Rendezvous für diese Nacht abgesagt war.

»Was machst du jetzt?« fragte Jon, der nur an das eine denken konnte.

»Ich weiß nicht. Ich kann wohl nichts mehr machen.«

»Setz ihm zu.«

»Nein, das bringe ich nicht. Er kann seine Kinder nicht verlassen – und das verstehe ich ja. Aber er schafft es auch nicht, diese verdammte Krankenschwester zu verlassen.«

Sie hatte achtlos einen Glasbären in die Hand genommen, eine Prämie, die Jon einmal bei einem Wettschießen gewonnen hatte. Zerstreut ließ sie ihn in einen mit Watte ausgelegten Karton fallen, in einen *ihrer* Kartons.

»Der gehört mir!« sagte er automatisch.

»Wer denn?«

»Der Bär. Den habe ich gewonnen.«

Daß ihm so was jetzt wichtig sein konnte!

»Aber den hast du mir geschenkt, weißt du das nicht mehr?«

Im Laufe der Jahre hatte er ihr irgendwann alles geschenkt, was er besaß, auch Gewehre und Schallplatten, Dinge, die ihr nicht wichtig waren... er suchte nach einem Ausweg für diese Nacht.

»Jon!« sagte sie plötzlich. »Du willst doch wohl keine Dummheiten machen?«

Nicht zum ersten Mal überrumpelte sie ihn mit ihrer gefährlichen Vorahnung, aber in diesem Moment dachte sie nur an Hans – daß ihr Bruder auf die Idee kommen könnte, dessen Verrat zu rächen. Es fiel ihm nicht schwer, sie zu beruhigen.

Er zog sich an und ging hinaus. »Wir brauchen Milch.« Und dann machte er einen langen Spaziergang nach Norden, um die Zeit totzuschlagen. Sein Plan duldete einfach keinen Aufschub. Die Wettervorhersage war perfekt gewesen: Kein weiterer Schneefall, kein Wind, ein Nullwetter, so, wie er es brauchte, eine dunkle, mondlose Nacht.

Er ging wieder nach Hause und behauptete, Hans begegnet zu sein, zum Glück.

»Er will dich sehen. Heute nacht.«

»Ach«, sie lachte mißtrauisch. »Wo denn?«

»Bei Moen.«

»Bei Moen?«

Sie war überrascht. »Das hat er dir gesagt? Das ist doch ein Geheimnis!«

Jon kannte diesen heimlichen Treffpunkt seit Jahren. Er wußte auch, wann Hans' Frau im Krankenhaus Nachtdienst hatte.

»Das ist doch jetzt nicht mehr wichtig«, sagte er freundlich und betete, Hans möge an diesem Abend ja nicht mehr anrufen.

»Nein, da hast du vermutlich recht. Hat er sonst nichts gesagt?«

»Nein. Die übliche Zeit.«

Den restlichen Abend verbrachte er auf dem Dachboden unter der Decke. Er horchte auf den Wind und auf Elisabeths leise Geräusche, er glaubte, hören zu können, daß sie übte, was sie bei der Begegnung mit Hans sagen wollte, so, wie er das immer machte, wenn der gerechte Zorn in seiner Brust kochte. Er war zu dem Schluß gekommen, daß Hans wirklich in der Nacht bei Moen auftauchen würde – der Mann hatte Elisabeth hinters Licht geführt und sie verletzt, und da konnte er nicht ruhig zu Hause bei seinen schlafenden Kindern sitzen, zumal seine Frau Dienst hatte, da mußte er doch seine Verbrechen wiedergutmachen, erklären und um Vergebung bitten – wenn er nun bloß nicht anrief!

Er rief nicht an. Und endlich ging sie.

Jon stand auf und zog sich an, holte den Rucksack mit seiner Verpflegung und seiner übrigen Ausrüstung aus dem Kartoffelkeller, ging wieder zum Haus, blieb stehen und betrachtete es einige Sekunden andächtig, dann schlug er endlich den Weg durch die Moore ein.

Es war milder, als er erwartet hatte, und unsichtbarer Nieselregen traf sein Gesicht. Die Wolken hingen fast bis auf den Boden und schufen eine feuchte, undurchsichtige Dunkelheit – die aber in Wirklichkeit nicht so durchgehend war, wie er sich das gewünscht hatte. Diese Art Wetter war nie von langer Dauer – und seine Spuren durften doch nicht verwischt werden!

Dann brach die lähmende Erkenntnis über ihn herein, daß es Elisabeth durchaus zuzutrauen war, daß sie ihn nicht als vermißt meldete, daß sie es jedenfalls hinauszögerte... Dafür gab es mindestens hundert gute Gründe, ein so unzuverlässiger Klotz am Bein, wie er einer war, warum sollte sie den suchen lassen?

Er ließ sich auf einen Grasbuckel sinken und blickte sich voller Verzweiflung um. Über ihm in der Dunkelheit hörte er Flügelschlagen. Die Wolkenfetzen bewegten sich. Plötzlich öffnete sich Karls Stallampe wie ein Auge in der Dunkelheit.

Jon erhob sich mit neuem Tatendrang und ging auf das Licht zu, bis er im Stall die Tiere auf dem Holzboden stampfen hörte. Er ließ seinen Rucksack fallen und ging hinein zu den starrenden gelben Augen, hinein in den klammen Stallgestank. Er schnappte sich das erstbeste Mutterschaf, zerrte es über den Hof, bis zur Abflußrinne, und schlug ihm immer wieder auf den Kopf, bis die Schädeldecke brach und das Tier bewegungslos dalag. Er zog zwei Nägel aus einem Balken, hob sich den Kadaver auf die Schultern und nagelte die Vorderbeine an die Scheunenwand. Mit einem einzigen langen Schnitt schlitzte er den Bauch auf, und das Gedärm quoll wild heraus. Die Axt ließ er liegen, seine Initialen waren in dem Schaft eingeritzt.

Als er am Ufer des Langevann stand, hingen schon die ersten Schneeflocken wie Wollgras im Heidekraut. Er fand die Bucht, wo er unter dem Boot der Taucher den Schatten gesehen hatte – das war jetzt lange her, in seinem vorigen Leben –, zog sich eilig aus und ließ die Kleider liegen. Eigentlich hatte er sie mitnehmen wollen – niemand ertränkt sich nackt, aber der Schnee würde seine Fußspuren wahrscheinlich verwischen.

Er packte seinen Rucksack in eine große Plastiktasche, hielt sie mit den Zähnen fest und schwamm im eiskalten

Wasser los. Zehn Züge, und er hatte allen Kontakt zu seiner Umgebung verloren, konnte sich nur an dem leichten Wind aus Nordwest orientieren, sich umdrehen und seinen Kurs anhand seines eigenen Kielwassers korrigieren – aber an dieser Stelle war der See schmal, kaum mehr als hundertfünfzig Meter breit, deshalb konnte er es schaffen.

Er hielt eine Viertelstunde durch. Er konnte nichts mehr denken. Arme und Beine waren eiserne Glieder, sein Atem ging schwer. Er hatte keine Angst. Er machte sich keine Sorgen um das, was gewesen war, oder um das, was noch kommen sollte. Ihm fehlte nichts. Er bewegte sich einfach weiter.

Bis das Wasser zu einer Suppe aus Schlamm, Wurzelfasern und verfaultem Schilf wurde, bis seine starren Finger sich in lockeren Torf bohrten und darin feststeckten.

Er holte tief Atem, rollte mühsam seinen Rucksack hinauf ins Moor, kroch mit großer Anstrengung hinterher und robbte auf festen Boden.

Seine Zähne hatten ein Loch in den Rucksack gerissen, ein wenig Wasser war eingedrungen, aber das meiste vom Inhalt war noch immer trocken. Er rieb sich seinen tauben Körper mit einem Handtuch ab, zog trockene Kleidung an und ging los – und eine brennende Kälte hämmerte in seinen Schläfen.

Er erreichte die Bucht, in der die Wasserrohre den See erreichten, und ging weiter bergauf, stolpernd, eine Hand auf die Holzverkleidung gelegt, um nicht die Orientierung zu verlieren.

Er war fast ohnmächtig, als er das kleine Haus unter dem See erreichte. Es schneit, dachte er fiebrig, als er hinein und in seinen Schlafsack kroch. Seine Hände stanken noch immer nach Wollfett, weil er das Schaf in der Hand gehabt hatte. Er bohrte sie in den Kies und schrubbte sie über den Steinen hin und her, bis sie anfingen zu bluten. Der Geruch hing in den Poren, unter den Nägeln, er hatte sich wie tiefe, unsichtbare Narben in die Haut eingebrannt. Er erbrach sich, die Tränen strömten ihm aus den Augen, und sein Atem wollte sich nicht mehr beruhigen. Es schneit, dachte er verzweifelt, es schneit.

17

Zwei Tage vergingen in tiefer Stille, während der Schnee über die ausgestorbene Landschaft rieselte. Jon hatte Fieber und Schüttelfrost. Er sah einen Adler auffliegen und vor dem bewegten Himmel eine Runde drehen. Er sah, wie der Adler sich setzte, wie er wieder vom Berg abhob und neue Runden drehte, wie der letzte dünne Zeiger an einem riesigen Zifferblatt. Jon verließ seinen Schlafsack nur, um seine Notdurft zu verrichten. Er schlief und phantasierte, folgte dem Kreisen des Adlers. Niemand suchte nach ihm.

Am dritten Morgen trieb eine Wolkenbank aus grauem Schaum über Meer und Berge und begrub alles unter sich. Und damit waren seine Kleider unten am Ufer wohl endgültig unsichtbar geworden. Er sah den Adler auffliegen und wieder landen, versuchte zu zählen. Er aß ein wenig, trank Kaffee, den er über Resten von alten Verschalungsbrettern warm machte. Er war nie ganz weg, war nie ganz da. Er konnte keine Ruhe finden.

Gegen Mittag am vierten Tag trug der Wind ein Geräusch zu ihm. Es klang wie Hundegebell.

Aber die endlose weiße Fläche lag leblos vor seinem Fernglas. Hier und da war sie mit grauschwarzen Grasbuckeln und mattem Glitzern von vereisten Tümpeln gesprenkelt, und dahinter lag das eisengraue Meer, so weit das Auge reichte. Keine Farben, keine Bewegungen. Und natürlich keine Hunde.

Aber dann hörte er das Geräusch wieder. Es setzte sich in seinen Ohren fest und blieb dort, bohrend und wirklich. Er trat die Luke auf und starrte hinaus. Nichts. Sie würden ihn niemals finden. So sieht es auf der anderen Seite des Meeres aus, im leeren Blick des alten Nils, der sich nicht an seine Geschichten erinnern kann. Es war kalt. Er wußte nicht, was war und was nicht.

Das Geräusch verstummte nicht. Es war ein Bach aus flüssigem Metall, den er sein Leben lang gehört hatte – und dann wußte er es: Es waren Raben. Natürlich waren es Raben! Er fing an zu weinen. Er aß etwas und trank Kaffee. Seine Hände rochen nicht mehr nach Wollfett. Der Adler flog wieder auf. Er spürte, daß Sommer war.

Die Sonne schien rund um die Uhr, und das Gras wogte nur so auf den Feldern. Auf dem Sportplatz stand ein farbenfroher Kreis aus Wohnwagen und Lkws, es war Rummel, und es wimmelte nur so von Menschen, Karussells, Glücksrädern, Losbuden und Rutschbahnen, verkleidete Männer und Frauen lockten mit fremdländischen Akzenten durch ihre Lautsprecher.

Jon stand vor dem Schießstand und hatte das Gewehr fest in Händen liegen. Er löschte einen Zehner nach dem anderen aus, brauchte zwei kleine Schüsse, um Gewehre mit gekrümmtem Lauf zu übertreffen. Er plünderte die Regale der entsetzten Schaustellerin, Glasbären und Obstschalen, die ganze Zeit mit Lisas klarem Lachen neben sich wie eine Fontäne – sie hüpfte auf und ab, packte ihn am Revers und klatschte in die Hände.

Aber Jon war ganz klein und seine enge Welt zu groß geworden. Der alte Sakkariassen bahnte sich seinen Weg durch die Menge, packte seine Tochter am Arm und zerrte sie vor aller Augen aus dem Traum heraus. Sie waren keine Kinder mehr. Die selbstverständliche Freiheit der Unschuld hatte ein Ende genommen. In diesem Moment geschah es, an diesem Abend, mitten auf einem grellen Rummelplatz – die Wasserscheide in Jons Leben. Er stemmte die Hände gegen die Luke und preßte. Sie ließ sich nicht öffnen.

Er war eingeschneit.

Er stemmte die Füße gegen das Rohr und preßte. Die Luke ließ sich nicht öffnen. Plötzlich war er ganz klar, er hatte keine Angst, es war nur seltsam still in seinem Kopf.

Mit dem Messer löste er die Haspeln und zog die Luke ins Haus, schaufelte den Schnee beiseite, der sich hinterher ergoß, und grub weiter, bis ihn das Licht wie ein Schlag ins Gesicht traf.

Der fünfte Tag war klar und windstill. Ein dünner roter Faden zog sich im Süden den Horizont entlang. Alle Tümpel im Moor waren zu Eis erstarrt, viele der Buchten im Langevann ebenfalls. Der Winter war eine blendendweiße Decke mit unansehnlichen kleinen schwarzen Häusern, die sich zu einem Dorf zusammenklumpten, jedes von ihnen lag am Fuße einer lotrechten Säule aus schwarzem Rauch.

Am Ufer des Langevann standen ein Traktor, vier oder fünf Schneemobile, Menschen und Hunde.

Durch das Fernglas sah Jon einen Taucher ins Wasser waten und verschwinden. Er kam mit einem Tau in der Hand wieder zum Vorschein, und die Menschenmenge zog ein dunkles, unförmiges Bündel auf den Uferschnee. Sie wickelten das Bündel in etwas, das aussah wie eine Decke, und legten es auf die Ladefläche des Traktors.

Der Taucher tauschte seine Flasche aus, watete wieder in

den See, kam wieder an die Oberfläche, verschwand abermals, er suchte weiter, solange der kurze Tag das gestattete. Jon sprang auf und wollte etwas rufen. Aber seine Beine gaben unter ihm nach. Und seine Stimme war heiser, nicht zu hören. Sie sahen ihn nicht.

Sie packten ihre Geräte zusammen und fuhren langsam zurück in die Stadt.

Mit einem Rest Stahldraht, der von der Verschalungsarbeit übrig war, zurrte Jon das Messer an den Messingknöpfen der beiden Ventile fest und sperrte das Wasser ab.

18

Er richtete sich auf und wischte einige Tropfen von der Linse. Ein Regenmantel lag über der Kamera, um sie vor nassem Schnee zu beschützen. Er filmte Lisas Beerdigung: Einige Menschen beugten sich auf dem Friedhof über ein frisch aufgeworfenes Grab; Lisas ältere Schwester in Schwarz, der neue Pastor mit gefalteten Händen, der alte Sakkariassen, der Böttcher im Anzug und einige unbekannte Verwandte.

Der Sarg stand zum Hinunterlassen bereit, er war von einer Blumenpracht bedeckt, die in der grauen Umgebung künstlich wirkte.

Die Dorfbevölkerung war zu Hause geblieben. Lisa war die Tochter eines mächtigen und unbeliebten Mannes, der seine Kinder in der Absicht zeugte, daß Söhne dabei herauskämen. Sie war ein Sonderling gewesen, und über ihren Tod waren scheußliche Gerüchte im Umlauf. Vielleicht wollten sie ihren Vater bestrafen, vielleicht ihn schonen, vielleicht fühlten sie sich schuldig, vielleicht geschah es aus Trotz. Auf jeden Fall – sie waren zu Hause geblieben, und sie trugen damit dazu bei, Lisa die Beerdigung zu ermöglichen, die vermutlich am besten zu ihrem seltsamen Leben und ihrem geheimnisvollen Sterben paßte.

Der Totengräber saß rauchend im Windschatten der

Kirchenmauer. Ein Windstoß fegte einen Blumenstrauß ins Meer. Der Pastor verstummte, und Sakkariassen hob den Kopf. Er sah Jon im Hintergrund stehen, nickte nachdenklich und ging los, blieb aber nach zwei oder drei Metern stehen und bohrte seinen Stock in den Schnee.

»Willst du uns denn nie in Ruhe lassen?« fragte er.

Jon zuckte mit den Schultern und wandte beschämt den Blick ab.

»Ich dachte, du wärst krank – angeblich hast du Lungenentzündung.«

Nachdem ihn die Leute des Lensmanns in den Bergen gefunden hatten, hatte er vier Tage im Bett verbracht; er war noch immer vom Fieber gezeichnet, aber immerhin konnte er hier stehen und seine Kamera laufen lassen.

»Du bist also nicht krank«, sagte der Alte. »Was fehlt dir denn dann, wieso willst du ... das hier filmen?«

»Ich will mich daran erinnern«, sagte Jon.

»Erinnern? Kannst du nicht lieber versuchen zu vergessen, so wie wir anderen? Kannst du nicht dieses eine Mal versuchen, so zu sein wie wir anderen?«

Jon wandte seinen Blick wieder ab.

»Nein«, sagte er.

Der Mann schüttelte langsam den Kopf, machte eine halbe Drehung und blickte auf Felder und Meer hinaus. Obwohl die Tränen auf den blassen Wangen auch geschmolzener Schnee sein konnten, spürte Jon, daß sein Haß einen Moment lang geringer wurde. Vielleicht hatte er eine Wahl gehabt, vielleicht hätte er auch etwas anderes tun können, als hier zu filmen. Aber hier war er nun einmal. Und auch wenn sein Haß geringer wurde, so empfand er doch keine Reue. Er ließ die Kamera laufen.

Die Trauernden warteten am Grab, der Pastor schaute ungeduldig herüber. Sakkariassen blieb stehen.

Dann rettete der Totengräber die Situation, er erhob sich, winkte mit einer schwarzen Kurbel und sagte, Jon müsse ihm bei dem einen Leinenband der Hebevorrichtung helfen, es hätte sich verdreht, und der Sarg könnte umkippen.

Jon legte seine Kamera hin und ging vor dem Grab auf allen vieren. Unten im Grab lagen Tannenzweige, um das Wasser zu verbergen, und auf ihnen der heruntergewehte Blumenstrauß. Jon versuchte, den Namen zu lesen, überlegte vage, daß der vielleicht irgendeine Bedeutung habe, aber die Schleife bewegte sich im Wind, und die Schrift war undeutlich. Für einen kurzen Moment mußte er dann die Augen schließen, weil ihm schwindelig wurde. Dann hob er den Sarg, drehte das Band wieder richtig, und der Gräber konnte die Kurbel montieren.

Und nun war auch Sakkariassen da.

Der Pastor sprach die entscheidenden Worte, niemand weinte, der Sarg senkte sich.

Als die anderen den Friedhof verließen, demontierte Jon in aller Ruhe Kamera und Stativ. Er setzte sich zum Totengräber vor die Kirchenmauer und wartete auf das Ende eines Schneeregenschauers.

Der Mann spuckte in den Schnee und sagte: »Ja, hier ist heute nichts mehr zu tun.«

»Mußt du das Grab nicht zuwerfen?« fragte Jon.

»Nein«, sagte der Mann und spuckte noch einmal aus. »Das ist schließlich keine normale Beerdigung. Das war nur Theater für die Familie. Sie wird bald abgeholt, von Fachleuten aus der Stadt. Hier ist wirklich nicht alles so, wie es sein soll, nein, das ist es nicht.«

Es waren Briefe aufgetaucht, Briefe ohne Absender, Empfänger war ein Lehrer hier an der Schule, und der hatte sie an den Lensmann weitergereicht, offenbar handelte es sich um Lisas Briefe – es war jedenfalls ihre Handschrift. Und es schien eine erschütternde Lektüre zu sein, wenn man denen glauben wollte, die den Inhalt kannten. Was hatte dieser Vater seiner Tochter im Laufe der Jahre nicht alles angetan! Der Totengräber schüttelte den Kopf.

»Ja«, murmelt Jon und schlug die Augen nieder. Auch er hatte von diesen Briefen gehört.

»Und ich soll hier warten. Die müssen den Empfang der Leiche quittieren. Aber du kannst ruhig schon gehen.«

Jon steckte Kamera und Stativ in den Sack auf seinem Tretschlitten und fuhr widerwillig los. Er wollte Lisa nicht diesem ungewissen und gaffendem Schicksal überlassen, das jetzt augenscheinlich auf sie wartete. Sie brauchte Ruhe, und er hatte gehofft, sie würde jetzt endlich begraben werden.

Unten auf der Hauptstraße kamen ihm zwei Autos entgegen. Hinter dem Steuer des einen saß der Lensmann neben einem Fremden, einem glatzköpfigen Mann mittleren Alters, der unter einer braunen Lederjacke Hemd und Schlips trug. Zwei dunkle Augen streiften Jon kurz und hinterließen das Gefühl, das er auf ungepflügtem Feld empfand, wenn er einen Fremden nach dem Weg fragen mußte. Die Autos bogen ab und fuhren zum Friedhof hoch.

Es war schulfrei, wegen der Beerdigung oder vielleicht wegen der Tragödie. Trotzdem war Elisabeth nicht zu Hause. In der Küche saß ein Fremder, auch er mit Schlips und weißem Hemd unter seinem Jackett. Auf dem Tisch lagen eine braune Ledertasche, ein Notizblock und ein Fotoapparat mit Blitzlicht.

Jon knipste das Licht an.

»Die Tür war offen«, sagte der Mann und erhob sich.

»Die ist immer offen.«

Er streckte eine Hand aus, die Jon nicht nahm, ein kleiner Mann, hektisch und nervös, er sagte, er sei Journalist bei einer überregionalen Zeitung und zeigte Jon einen Ausweis, den Jon nicht las. Es gehe um Lisa.

»Du hast sie gefunden, soviel ich weiß?«

Jon dachte nach.

»Ich habe kein Auto gesehen«, sagte er und schaute mit zusammengekniffenen Augen aus dem Fenster.

»Äh, nein«, sagte der Mann und lächelte über sein ganzes rundes Gesicht. »Ich bin mit dem Taxi gekommen.«

»Ich habe auch keine Reifenspuren gesehen. Du bist schon lange hier.«

»Hm. Ja, eine Weile.«

»Und niemand war hier, als du gekommen bist?«

»Äh... nein.«

Jon schaute sich um. Auf den ersten Blick schien alles in Ordnung zu sein. Er drehte eine Runde durch Wohnzimmer und Flur, zog eine Schublade heraus und warf einen flüchtigen Blick auf die wenigen Dinge, die noch nicht eingepackt waren, dann ging er nach oben und überprüfte die Schlafzimmer. Plötzlich fror er, und er mußte sich einen zusätzlichen Pullover suchen. Es besorgte ihn, daß Elisabeth nicht zu Hause war. Es gab keine natürliche Erklärung dafür, daß sie nicht zu Hause war.

Der Journalist hatte sich wieder gesetzt.

»Können wir uns setzen«, sagte er mit demselben Lächeln wie vorhin. »Ich würde mich gern ein bißchen mit dir unterhalten.«

»Ja, ja, setz dich nur.«

Aber Jon konnte nicht sitzen. Er lief im Kreis. Als er in die Berge geflohen war, hatten seine Waffen in der Ecke zwischen Speisekammertür und Kühlschrank gestanden. Da standen sie nicht mehr.

»Hast du meine Gewehre weggenommen?« fragte er.

»Deine Gewehre? Wie meinst du das?«

»Meine Gewehre!« brüllte Jon. »Jemand hat dich gewarnt. Deshalb hast du sie versteckt!«

Der Journalist beteuerte, keine Ahnung davon zu haben, was Jon meinte. Und er war förmlich und herablassend, als weise er tagtäglich absurde Anschuldigungen zurück. Etwas an ihm machte Jon ungewöhnlich wütend, vielleicht das Lächeln, das vermutlich überzeugend wirken sollte, das aber ganz und gar leer war. Jon öffnete die oberste Schublade und nahm das Brotmesser heraus.

»Wenn du nicht sagst, wo meine Gewehre sind«, sagte er und packte den Mann am Nacken, »dann schneide ich dir das eine Auge heraus! Das da!«

Er zeigte mit der Messerspitze auf das zwei Meter entfernte rechte Auge. Der Mann erstarrte, sein Lächeln verschwand, seine ganze Mimik geriet in Unordnung, und seine Augen starrten voller Todesangst das Messer an.

»Ich hab sie nicht weggenommen«, keuchte er. »Ich habe keine Ahnung, wovon du redest!«

Jon musterte ihn sorgfältig. Dann lockerte er seinen Griff, legte das Messer wieder in die Schublade und ließ sich auf einen Stuhl fallen.

»Die Menschen sagen nicht die Wahrheit, wenn sie die Oberhand haben«, sagte er. »Nur, wenn sie sich fürchten. Es war bestimmt Elisabeth.«

»Elisabeth?« stotterte der Journalist in dem Versuch, die Kontrolle wiederzugewinnen. Er rieb sich den Nacken und stöhnte. Notizblock, Kugelschreiber und der Inhalt seiner

Fototasche waren auf dem Fußboden verstreut. Er machte keinen Versuch, die Sachen wieder aufzuheben.

»Meine Schwester«, sage Jon. »Hast du sie gesehen?«

»Ich habe niemanden gesehen, habe ich doch gesagt! Hier war niemand, als ich gekommen bin, keine Menschenseele. Ich wollte doch nur mit dir reden...«

Jon konnte nicht stillsitzen. Er leerte den Inhalt des Korbes auf dem Kühlschrank über den Tisch aus, wühlte ihn fieberhaft durch, riß und zerrte an Notizblock und Buch auf dem Telefontisch herum, untersuchte jede Stelle, wo sie eine Nachricht hinterlegt haben konnte. Durch das Fenster sah er, wie beim Haupthof zwei Lichtstrahlen über den Hügelkamm stiegen. Dann senkten sie sich wieder, zeigten genau auf ihn und füllten sich mit schrägfallendem Schnee.

»Herein«, sagte er laut, fast erleichtert, als angeklopft wurde.

Der Lensmann und der Fremde standen im Zimmer.

Eine tiefe Furche zog sich über den dunklen Augen von Ohr zu Ohr, und Jon sah jetzt, daß die Augen nicht bedrohlich waren. Auch Elisabeths Abwesenheit spielte jetzt keine Rolle mehr. Wenn er in den letzten Monaten einen Trieb verspürt haben sollte, so war der jetzt verschwunden. Er war am Ziel. Nicht, um loszulassen, sondern, um mit der eigentlichen Arbeit anzufangen.

Der Mann kam von der Osloer Kriminalpolizei. Er hieß Hermansen.

»Ach«, sagte Jon.

»Ich möchte dich gern in die Stadt mitnehmen«, sagte Hermansen. »Dann können wir uns in aller Ruhe im Hotel unterhalten.«

»Können wir das nicht hier machen?« frage Jon.

»Ist das eine Festnahme?« fragte der Journalist.

Wieder zeigte er seinen Ausweis, und, anders als Jon, interessierte Hermansen sich sehr dafür, er behielt ihn und machte viel Wirbel darum, daß der Zeitungsmann so schnell hergefunden hatte, warum eigentlich? Der Journalist behauptete, einen Tip unter Kollegen erhalten zu haben. An einem Ort wie diesem hier gibt es eben Gerüchte, belehrte er die anderen.

Aber der Polizist ließ sich nicht mit irgendwelchen Binsenweisheiten abspeisen, er wollte Tatsachen, Quellen, Einzelheiten über die Gerüchte und ansonsten alles, was der Mann von diesem Fall vielleicht wußte oder dachte. Natürlich hatte Marit ihn geschickt.

»Sind Sie zu Fuß gekommen?« frage Hermansen. »Ich habe kein Auto gesehen.«

Der Lensmann hatte die ganze Zeit mit verschränkten Armen vor der Tür gestanden. Als Hermansen fertig war, sagte er, der Journalist könne vom Haupthof aus ein Taxi bestellen.

»Und das da?« Der Journalist nickte zum Telefon hinüber.

»Es sind nur ein paar hundert Meter.«

»Elisabeth weiß Bescheid«, sagte Hermansen, als sie allein waren. Jon mußte eine Tasche holen. Die war schon gepackt, sie gehörte eigentlich zum Umzugsgepäck, er brauchte nur noch eine Zahnbürste hineinzustecken, dann hatte er eine Reisetasche.

Der Polizist schaute sich in dem leeren Haus um, während Jon sein übliches Ritual vollzog, er leerte die Aschenschublade über dem Komposthaufen hinter dem Haus aus, warf drei Schaufeln Kohlen in den Ofen und öffnete die Luftklappe. Als das Feuer brannte, drehte er das Ventil fast wieder zu, vergewisserte sich, daß die Herdplatten ausgedreht waren und knipste das Deckenlicht aus. Er zog die Jacke aus Kopenhagen an.

»Ziehst ihr um?«

Er nickte.

»Und was ist damit los – warum wolltet ihr die nicht mitnehmen?«

Über dem Spülbecken hing eine Zeichnung, Jons Zeichnung, eine schlecht ausgeführte Skizze, die er einmal für Lisa gemacht hatte, Lisa hatte sie nie bekommen, Elisabeth aber hatte sie »süß« gefunden, das sagte sie gern über Jons versöhnlichere Seiten. Auf dem Bild war Sommer, in den trockenen Farben eines Malkastens.

»Hast du etwas dagegen, wenn ich sie mitnehme?«

»Nein.«

»Mir gefällt sie.«

Er rollte die Zeichnung behutsam zusammen, und Jon tat so, als habe er das nicht gehört.

Der Lensmann stieg beim Bürgermeisteramt aus, und sie fuhren mit Hermansens Wagen weiter durch die Berge zum Fähranleger auf der inneren Inselseite, auf den unwegsamen Winterstraßen brauchten sie gut und gerne zwanzig Minuten. Der Polizist wollte ein Gespräch in Gang bringen und sagte mehrmals, wie gut die Gegend ihm gefalle.

»Ich war noch nie so hoch im Norden. Du ziehst doch bestimmt nicht gern um?«

»Nein.«

»Was machst du eigentlich so?«

»Nichts Besonderes.«

Er wollte wissen, wer auf den verschiedenen Höfen wohnte, ob Jon die höchsten Berge bestiegen habe, inter-

173

essierte sich für Jagd und Fischereimöglichkeiten – er war selber leidenschaftlicher Jäger. Auch über das neue Wasser wollte er alles genau wissen, und er ließ sich nicht davon entmutigen, daß Jon nur widerwillig und einsilbig antwortete; er wiederholte seine einfachen Fragen so lange im selben Plauderton, bis es unmöglich wurde, sie nicht zu beantworten. Schließlich wirkte es dann so, als denke er an etwas ganz anderes als diesen belanglosen Schnickschnack.

»Du weißt, warum ich hier bin?« fragte er.

»Ja«, antwortete Jon. »Um zu fragen, ob ich Lisa umgebracht habe.«

Sie befanden sich gerade auf einem geraden Straßenstück, und deshalb konnte der Polizist seinen Blick von der Straße abwenden. Er sah Jon an.

»Ja«, sagte er. »Hast du sie umgebracht?«

»Nein.«

»Aber du weißt, wer es war?«

»Ja. Ihr Vater.«

Aber mit dieser Antwort war niemand zufrieden. Ein Vater bringt seine eigene Tochter nicht um. In der Vorstellung von Psychologie, die ein Polizist hat, und in Jons haßerfülltem Wahnsinn leistet er vielleicht die Vorarbeiten, sorgt gewissermaßen für die mentalen Vorbedingungen, aber er bringt sie nicht um. Er kann seine Eltern umbringen, seinen Sohn und seine Frau, und sie ihn, aber niemals seine Tochter, sie ist die einzige in dieser Geschichte, die davonkommt.

Erst jetzt ging diese Wahrheit Jon in all ihrer Entsetzlichkeit auf. Er sah vor sich Sakkariassens tränennasse Wange, oben auf dem Friedhof, falls es Tränen gewesen waren: Er weinte über die Vorarbeiten, denn eine Tochter bringt man nicht um, man stellt mit ihr alles mögliche an, aber man bringt sie nicht um! Sakkariassen war nicht anders als andere. Er wünschte sich Söhne. Er war normal.

»Vielleicht ist sie überhaupt nicht umgebracht worden«, murmelte Jon.

»Vielleicht«, antwortete der Polizist. »Aber wir haben allen Grund zu der Annahme.«

»Wer sollte denn eine wie Lisa umbringen wollen?«

Sie glitten die scharfen Kurven zum Anleger hinunter, und Jon überlegte sich, daß Elisabeth vielleicht in die Stadt gefahren war. Denn dann müßte sie mit dieser Fähre zurückkommen. Und er dachte an ihr Gesicht während seines Fiebers. Sie war verdächtig schweigsam gewesen, hatte sich ihre Vorwürfe verkniffen und weder das Rendezvous erwähnt, zu dem er sie geschickt hatte, noch Karls verstümmeltes Schaf. Sie hatte die Geduld eines leidgeprüften Menschen gehabt, der weiß, daß er bald von der Bürde befreit sein wird.

Als die Fähre anlegte und die Fahrgäste über die Laufplanke strömten, musterte er sie im Grunde ohne Hoffnung.

»Wartest du auf jemanden?« fragte Hermansen.

Elisabeth war nicht da.

»Nein«, sagte er. Und dann fuhren sie an Bord.

19

Vom Hotelzimmer aus hatten sie Blick auf Hafen und Stadt. Was zu Lebzeiten seines Vaters eine rotangestrichene Ansammlung von Anlegern und Pfahlbauten gewesen war, war in Jons Tagen zu einem Klondyke aus niedrigen, kompakten Betonkonstruktionen, Tankstellen und breiten Straßen mit Motorrädern und amerikanischen Straßenkreuzern geworden – das Verdienst von Trawlern und Fischfabriken; in hektischer Bautätigkeit entstanden Wohnhäuser und am Hafenbecken eine Fischfabrik nach der anderen. Jetzt war das Öl das große Geschäft und brachte neue Menschen, ein neues Krankenhaus, noch mehr Wohnungen, einen Hubschrauberlandeplatz und die seltsamsten Fachgeschäfte.

Als Hermansen sich also für einen Moment in seine Papiere vertiefte und Jon nicht mehr nachzudenken brauchte, konnte er auf eine moderne Küstenstadt hinausblicken, die sich auf das Weihnachtsfest vorbereitete. Es schneite jeden Tag. Die Fähren hievten Weihnachtsbäume und Bierkästen an Bord, die Inselbewohner kauften ein, was ihre Brieftaschen hergaben. Im Licht der riesigen Scheinwerfer wurden die Fischkutter mit Dampfstrahlern gereinigt und für die Wintersaison abgedichtet. An der Mole wurde eine Bohrinsel transportbereit gemacht, und im Hintergrund thronten die blauen Berge der Insel, im trüben Tageslicht mehr oder weniger sichtbar.

»Wo bist du geboren?« fragte der Polizist, vielleicht zum sechsten Mal. Jon hatte nämlich die ganze Zeit geschwiegen, wenn es um seine persönlichen Angelegenheiten ging. Er hatte sich erleichtert gefühlt, als er abgeholt worden war, entspannt, wie eine Waffe, die allzulange darauf gewartet hatte, endlich abgefeuert zu werden.

»Das steht da doch«, sagte er und zeigte auf ein Formular.

»Das weiß ich, aber ich will es von dir hören. Ich will dich zum Reden bringen. Du bist doch stumm. Hier steht, daß du zu Hause geboren worden bist.«

»Na gut.«

»War das damals hier draußen üblich?«

»Ich weiß nicht.«

Dann fragte Hermansen, wann Jon getauft worden sei, nach seiner Einschulung, seiner Konfirmation, nach Geburtsdatum, Berufen und Todestag seiner Eltern, nach Elisabeth und ihrem ungestümen Lebenswandel.

Über Lisa sprachen sie so gut wie nicht. Wenn Jon steckenblieb, brachte Hermansen ihn dazu, sich auf die Insel und die Verhältnisse dort zu konzentrieren, und obwohl Jon den Zusammenhang nicht ganz begriff, gab er doch oft Gerüchte und Anekdoten zum Besten, auch die, die man normalerweise nur bei Streitigkeiten oder im Suff hervorkramt.

»Du meinst also, der Flächenbrand, der auf die Fischfabrik auf Nordøya übergriff, hat auf Brandstiftung beruht?«

Das hatte Jon nicht gesagt, zumindest nicht direkt.

»Und Sakkariassen hat das Feuer selbst gelegt?«

Die Episode lag viele Jahre zurück, er konnte sich nicht mehr so genau entsinnen.

»Aber was sollte er für einen Grund haben?«
»Tja. Es war wohl zu groß«, sagte Jon.
»Zu groß?«
»Ja. Er hatte zwei Fabriken, mit vielen zu teuren Maschinen. Und die Fische kamen nicht mehr.«
»Hm. Bist du sicher, daß er es war?«
»Nein.«

Der Polizist achtete darauf, daß er unberechenbar blieb. Mitten in einer Jagdgeschichte zum Beispiel – bei einer der wenigen Gelegenheiten, wo Jon wirklich alles in leuchtendsten Farben ausmalte – fiel er ihm plötzlich ins Wort und fragte, ob er ein Instrument spiele.

»Nein«, sagte Jon mürrisch, die Unterbrechung hatte die Luft aus ihm herausgelassen.
»Aber du magst Musik?«
»Ja.«
»Ich habe deine Plattensammlung gesehen. Wir könnten sie herbringen lassen, wir können bestimmt die Stereoanlage des Hotels ausleihen.«

Einen Moment später wollte er mehr über die betrüblichen Zustände auf Karls Hof hören.

»Er trinkt«, sagte Jon. Nach allgemeiner Auffassung bestand ein Zusammenhang zwischen den Tatsachen, daß der Bauer trank und daß er sein Leben lang nicht auf die Beine gekommen war, scheinbar wenigstens, der Mann war schließlich ein Rätsel.

Auch Rimstad wurde beleuchtet, als Ingenieur und als Arbeitgeber; die Taucher, Lisas Geschwister und Sakkariassen, Hans und das Wasserprojekt, und Jon hatte dieses ganze Herumreiten auf Belanglosigkeiten schließlich gründlich satt. Ihm war es doch schnurz, wie lange Erik – der Lensmann – Elisabeth schon kannte; sie waren zwar in dieselbe Klasse gegangen, ja, aber er wußte nicht, ob Erik wußte, wer hinter dem Brand steckte, das wußten übrigens alle.

»Aber es ist keine Anzeige erstattet worden?«

»Nein.«

»In der Zeitung hat auch etwas gestanden.«

»Ja.«

»Hier ist es. Seltsame Sitten. Hätten es nicht auch andere sein können? Oder ein Unglücksfall?«

»Nein.«

Sie redeten über den Fischfang und über die verschiedenen Jobs, die Jon im Laufe der Jahre gehabt hatte.

»Warum hast du mit der Fischerei aufgehört?«

»Ja, hmmmmm...«

»Es hat dir nicht gefallen?«

»Nein.«

»Du hast auch auf dem Bau gearbeitet, und auch da hast du aufgehört?«

Ja, Jon fand, man solle das, was einem nicht gefiel, nicht allzu lange machen – das taten schließlich Elisabeth und Hans, und auch aus denen war nichts geworden, also konnte man sich auch gleich ganz seinen Gelüsten hingeben.

»Aus denen ist nichts geworden? – Die unterrichten doch! Sie haben eine wichtige gesellschaftliche Aufgabe übernommen!«

»Na gut.«

»Was ist das denn überhaupt für eine Einstellung?«

Jon hatte sich nicht weiter den Kopf über die Frage zerbrochen, was er für eine Einstellung habe, und deshalb hatte er auch über die Alternativen nicht weiter nachgedacht. Ihm ging es gut.

»Gut?!«

»Ja, ja... gut.«

»Und beim Militär warst du auch nicht. Krankgeschrieben zu sein – ist das denn ein Leben für einen starken jungen Mann wie dich? Direkt dumm bist du ja schließlich nicht.«

Jon lachte laut.

Sie sprachen über weitere Menschen, über die ganze Insel.

»Ich muß wissen, wie hier gedacht wird«, sagte Hermansen. »Und diese Taucher – denen schiebst du wirklich eine heftige Geschichte in die Schuhe: Sie sollen eine Leiche gefunden und dann wieder im See versenkt haben?«

»Einen Schatten. Ich habe nur einen Schatten gesehen.«

»Aber Lisa ist genau an der Stelle gefunden worden, wo du den Schatten gesehen hast! Und natürlich möchte ich wissen, warum die Taucher das wohl getan haben.«

»Sie hatten sicher Angst.«

»Wenn sie etwas zu verbergen hatten, ja, sonst nicht.«

Jon war sich da nicht so sicher. Er hatte schließlich schon Zeit seines Lebens Angst, ohne deshalb, sagte er, einen Mord auf dem Gewissen zu haben.

»Aber hättest du denn auch keine Anzeige erstattet?«

»Vielleicht.«

»Ja«, Hermansen lächelte. »Du hast schließlich den Schatten gesehen und nichts gesagt.«

»Habe ich wohl. Elisabeth und dem Lensmann. Aber mir glaubt ja keiner!«

»Du Armer! Und du hast auch die Mauern beschrieben, nicht wahr?«

Jon zögerte kurz.

»Ja«, sagte er.

»Das heißt wohl, sich nach allen Seiten absichern?«

Jon begriff nicht, was der Polizist damit sagen wollte.

So vergingen zwei Tage. Hermansen las Papiere, einen Stapel nach dem anderen, und stellte seine Fragen, war abwechselnd dumm und intelligent. Sie aßen auf dem Zimmer oder unten im Restaurant, Menschen kamen und sprachen mit ihnen, das Telefon klingelte, Hermansen konnte verschwinden und stundenlang wegbleiben, um dann mit neuen Papieren, neuen Fragen und neuen Belanglosigkeiten zurückzukehren.

Und Jon starrte aus dem Fenster, starrte Hafen und Boote an, eilige Menschen, die in der Weihnachtshektik hin und her liefen – und die blaue Insel, die im Meer immer tiefer und tiefer sank.

Am dritten Abend beschloß Hermansen, daß das Spiel nun aus sei. Gerade waren die Nachrichten über den Fernsehschirm geflimmert, ein Zimmermädchen, das die Betten machen wollte, wurde weggeschickt, und Jon mußte stillsitzen – hör auf, dir an den Haaren zu ziehen, ja, ich kann auch nichts dagegen machen, daß du nervös bist.

»Wir müssen Fäden sammeln.«

Der Polizist war zwar auch schon vorher unberechenbar gewesen, aber nun wurde es gänzlich unmöglich.

»Wir fangen mit deiner Darstellung an. Die läßt uns zwei Möglichkeiten. Entweder haben die Taucher sie umgebracht, oder sie wollten etwas anderes vertuschen – was vermutlich ebenfalls etwas mit Lisa zu tun hatte...«

»Was denn?«

»Das wissen wir beide.«

»Nein.«

»Dann lassen wir es vorläufig ruhen, wenn es dir unangenehm ist, ja?«

Jon hätte fast ja gesagt.

»Du hast Lisa gern gehabt, nicht wahr?«

»Ja.«

»Warum hast du behauptet, du könntest dich nicht an Elisabeths Geburtstag erinnern?«

»Den hatte ich vergessen.«

»Den Geburtstag deiner eigenen Schwester? Du hast ihr zu ihrem letzten Geburtstag etwas geschenkt.«

»Na gut.«

»Weißt du noch, was du ihr geschenkt hast?«

»Ich vergesse viel.«

»Woher kannst du das wissen?«

Die Fragen wurden in einem diktatorischen Tempo gestellt, und Jon kam nur mit großer Mühe mit. Er zerbrach sich den Kopf, fand aber keine Antwort und wiederholte nur, daß er viel vergaß.

Hermansen hielt ihm ein Formular vor die Augen, und Jon konnte den Stempel unter Rimstads Signatur sehen, Technische Abteilung.

»Die Taucher waren schon einmal hier«, sagte er. »Dieselbe Firma hat die alte Leitung gelegt, vor zwölf Jahren. Seither haben sie mehrmals Leute hergeschickt, auch Georg war mindestens einmal dabei, um Reparaturen und Wartungsarbeiten durchzuführen, dieser Service war vertraglich zugesichert, und nach und nach wurde er ziemlich umfassend; auch die alte Leitung war offenbar eine Fehlkonstruktion. Die Frage ist, ob das eine Erklärung dafür liefern kann, warum die Taucher Angst hatten. Wir wissen auf jeden Fall, daß der Gemeindeingenieur und Georg sich noch nie besonders gut verstanden haben – weißt du, warum?«

»Nein.«

»Es gibt ja offenbar vieles, was du über die Leute auf der Insel nicht weißt, Jon!«

Jon gab keine Antwort.

»Na?«

Nein, das wußte er nicht.

»Lisa ist am siebenundzwanzigsten August verschwunden – das nehmen wir an, und hier steht«, und nun griff er zu einem anderen Bogen mit der Überschrift: »Neue Übersicht der Bodenverhältnisse im Langevann in Verbindung mit der neuen Trasse.« – »Diese Messungen haben Georg und sein Partner zwischen dem fünfundzwanzigsten und dem dreißigsten August durchgeführt. Das bedeutet, daß die ganze Ausrüstung, das Boot und alles, schon bei Lisas Verschwinden am Ufer gelegen hat, drei Wochen, bevor du den Schatten gesehen hast. Sie hätten sie also ungestört versenken können.«

»Ja.«

»Dazu braucht man nämlich ein Boot.«

»Ja.«

»Oder es könnten auch andere gemacht haben, eigentlich jeder, der über den Zeitplan der Taucher Bescheid wußte, während die beiden sich im Dorf vollaufen ließen – an den Wochenenden haben sie doch immer gesoffen, nicht wahr?«

»Ja.«

»Der siebenundzwanzigste war ein Samstag – Wochenende, Neuanfang, Herbstfest vom Jugendverein –, im Bürgerhaus war ein Fest, und sie sind hingegangen.«

»Ja?«

»Warst du auch da?«

Das wußte er nicht mehr. »Vielleicht.«

»Soweit ich in Erfahrung bringen konnte, warst du nicht da.«

»Na gut.«

»Anders als Lisa. Sie wurde von mehreren gesehen, zusammen mit den Tauchern, vor allem mit diesem Georg, der scheint in dieser Hinsicht ein ziemlicher Herzensbrecher gewesen zu sein. Ziemlich viele Männer auf der Insel – neben Rimstad – konnten ihn nicht leiden. Kannst du ihn leiden?«

»Ich weiß nicht.«

»Du hast keinen Grund dazu, oder vielleicht doch?«

Jon zog sich an den Haaren und starrte den Fußboden an.

»Vielleicht nicht.«

»An diesem Abend warst du bei Karl zu Hause und hast getrunken. Du warst sauer, weißt du das noch?«

»Nein.«

»Karl weiß es noch, ihr habt euch nämlich gestritten, über die Bezahlung, die du fürs Schafesuchen haben wolltest, vorher hattest du nie Geld dafür verlangt. Es kam sogar zu einem Handgemenge, und er mußte dich rauswerfen.«

Jon lächelte. »Nicht lächeln, Jon. Dieser Alkoholiker ist dir keine größere Hilfe als mir.«

Schweigen.

Dann folgte ein neues Bombardement mit Tatsachen; der Abschlußbericht der Taucher, Ausrüstungs- und Transportlisten – auf denen ein Kompressor fehlte –, Karten und Trassen, mit Alternativen eins, zwei, drei usw., sowie Kostenüberschläge, Krankschreibungen, ein Obduktionsbericht, Flugscheine und Fährfahrkarten, Wetterberichte, mehrere Dinge, die von Jon stammten, Zeichnungen, einige Briefe, an die er sich nur vage erinnern konnte, Weihnachtskarten, Schulzeugnisse, Arztrezepte, sie hatten offenbar das Haus auf den Kopf gestellt – wo steckte Elisabeth? –, Zeitungsausschnitte, Busfahrpläne, Fotos, eine Zwangsbeobachtung, die in seiner Pubertät mit ihm angestellt worden war (auf Elisabeths Anordnung), nachdem er zu Hause auf die Möbel losgegangen war, weil er im Haus keine Waffen haben durfte; eine endlose unbarmherzige Dokumentation. Der Polizist hämmerte mit den Fakten auf ihn ein, ein Mensch, ein Tag und ein Ereignis nach dem anderen, genau dort, wo sie hingehörten, in einem unverständlichen Muster des Insellebens, die Wahrheit, wie er das nannte, die nackte Wahrheit.

Jon war total erschöpft. Das hier war nicht seine Welt. Er antwortete und reagierte, so gut er konnte. »Immer steckt etwas dahinter«, sang es in seinen Ohren. Er hatte das Gefühl, höhenkrank zu sein, eine Wolkendecke schien sich zu öffnen und mit fotografischer Genauigkeit die Geröllhalde im Abgrund zu offenbaren, während er geglaubt hatte, festen Boden unter den Füßen zu finden. Als er zu sinken begann, ließ er es geschehen, erleichtert darüber, von hier wegzukommen – und sich der Insel zu nähern, den flirrenden Bildern des Sommers mit der lebendigen Lisa.

Hermansen goß schwarzen Kaffee ein. Es war spät nachts.

»Den Rest hast du frei erfunden«, sagte er. Sie waren jeden einzelnen Tag seit dem siebenundzwanzigsten August durchgegangen, soweit dieser in den Unterlagen Spuren hinterlassen hatte. »Das kannst du wirklich gut, Jon. Jetzt bist du an der Reihe.«

Jon schwieg.

»In dieser Geschichte gibt es noch einen Mann. Hans. In seinen ersten Jahren auf der Insel hat er dich und Lisa unterrichtet. Jetzt ist er mit Elisabeth zusammen. Mit wem sonst noch?«

Jon gab keine Antwort.

Der Polizist schob ein Foto über den Tisch, das für Jon auch braunes Papier hätte sein können – er war ja nicht da.

»Lisa und Elisabeth. Sie haben Ähnlichkeit miteinander, ist dir das aufgefallen? Natürlich ist dir das aufgefallen. Aber das ist sicher nur eine Sinnestäuschung. Welche Beziehung hat zwischen Hans und Lisa bestanden?«

»Beziehung?«

»Du hast gehört, was ich gesagt habe.«

»Ich weiß nicht.«

»Die Leute auf der Insel behaupten, *er* sei schuld daran gewesen, daß sie wegziehen mußte.«

»Ich weiß nicht.«

»Ist das nur ein Gerücht?«

»Ja.«

»Und du hast nie davon gehört?«

»Nein.«

»Wenn ich ein Motiv suche, fange ich immer mit dem allerbanalsten an. Ich höre auf die schmutzigsten Anspielungen der Phantasie – Verbrechen werde nämlich nicht im Glücksrausch begangen. Und als erstes wollte ich wissen, ob sie schwanger war. Als sie gefunden wurde, war sie das nicht. Wohl aber, als sie vor etwa zweieinhalb Jahren die Insel verlassen hat.«

»Sie hat abtreiben lassen.«

Er nannte die Namen eines Krankenhauses und eines Arztes, erwähnte auch ein Datum und eine Jahreszahl. »Vermutlich auf Initiative ihres Vaters, auch wenn der behauptet, nie davon gehört zu haben. Was ist das für ein Vater, der ein verstörtes junges Mädchen zu einem dermaßen mittelalterlichen Ritual zwingt – sie abtreiben läßt und dann von zu Hause verstößt?«

Jon wußte das nicht.

»Ich nehme an, daß diese Schwangerschaft eine ziemlich ekelhafte Sache war. Inzest? Idiotie? War es ihr Lehrer? Warst du es?«

Er ließ Jon eine Weile Zeit, um diese Salven zu überdenken, dann fuhr er mit leiserer Stimme fort: »Hat diese Schwangerschaft überhaupt etwas mit dem Mord zu tun? Meine schmutzige Phantasie möchte den Taucher ausschließen, aber der gesunde Menschenverstand holt ihn wieder zurück – ist das alles hart für dich, Jon?«

»Nein.«

»Es wird noch härter.«

»Ach.«

»Aber das ist für dich sicher Alltagskost – so sieht dein Leben doch aus, nicht wahr?«

»Nein.«

»Zeugenaussagen berichten, daß es am Samstag, dem siebenundzwanzigsten August, auf dem Fest im Bürgerhaus zu einem Zusammenstoß zwischen Georg und Lisa gekommen ist, irgendwann zwischen elf und zwölf an diesem Abend. Sie stürzte wütend aus dem Lokal, und niemand machte einen Versuch, sie aufzuhalten oder mit ihr zu sprechen – man war bei ihr offenbar an solche Dinge gewöhnt. Niemand, nicht einmal der Taucher, weiß noch, worum es bei dieser Meinungsverschiedenheit gegangen ist. Danach wurde sie nicht mehr gesehen...«

Jon hatte die letzten Sätze nicht gehört. Er war aufgestanden, um den Tisch herum, um um sein Leben zu kämpfen. Er legte Hermansen die Hände um die Kehle, aber der Polizist mußte damit gerechnet haben, denn er fegte ihn mit einem kurzen gutgezielten Schlag beiseite, schlug ihm zweimal ins Gesicht und drückte ihn wieder in seinen Sessel.

»Du verlierst die Beherrschung, Jon!« schrie er im selben maschinengewehrhaften Tonfall. »Und du weißt, was du dann machst, nicht wahr?«

»Nein.«

»Wann verlierst du die Beherrschung, Jon? Nein, sieh

mich an, und hör zu, wenn ich mit dir rede, du hast jetzt lange genug geschlafen. Du verlierst die Beherrschung, wenn dich etwas irritiert – nicht wahr? Aber was irritiert dich denn – kannst du mir das verraten?«

»Aufhören!«

»Dann antworte gefälligst! Nicht du bist tot, Jon! Lisa ist tot.« Er schrie: »*Lisa ist tot! Hörst du?*«

»Ja, ja, ich höre zu! Hör auf!«

»Aber *verstehst* du das? *Verstehst* du das?«

»Ja ja ja!«

Dann folgte ein langes Schweigen. Der Polizist setzte sich wieder.

»Du bist ein aalglatter Arsch«, sagte er. »Ein Tropf und ein Trottel, aber ein aalglatter Arsch. Hörst du?«

Jon gab keine Antwort.

»Hörst du das nicht?« brüllte der Polizist.

»Ja, ja.«

»Du hast den Kompressor ins Moor geschoben, damit sie dort suchten, wo du glaubtest, die Leiche gesehen zu haben. Du hast das Wasser abgestellt, damit sie dich finden konnten. Du hast nachts Sakkariassen terrorisiert und den Tauchern deine eigene Katze in Salzlake geschickt, um sie zu einer Reaktion zu zwingen, sie dazu zu bringen, daß sie verrieten, wieviel sie wußten. Wie haben sie reagiert?«

»Sakkariassen hat mich angezeigt. Georg hat überhaupt nicht reagiert.«

»Und das hat dich verwirrt?«

»Ja.«

»Warum?«

Jon wollte wieder aufspringen. Er hatte nie geglaubt, daß Georg einen Menschen umbringen könnte. Der Taucher war mit ins Bild geraten, weil Georg nicht wußte, wieviel er wußte. Aber das war wohl ein zu komplizierter Gedankengang, es brachte sicher nichts, Hermansen davon zu erzählen. Er sagte, er wisse nicht warum.

»Sakkariassen oder der Taucher?« polterte der Polizist.

Jon dachte, daß Sakkariassen ihm besser passe. Schließlich war das mühselige Netzwerk um ihn herum gesponnen worden, um den Mann, der Jons und Lisas Leben zerstört hatte. Aber jetzt paßte er nicht ins Bild hinein, kein bißchen.

»Hast du mir etwas zu erzählen, Jon?« fragte Hermansen ungeduldig. »Oder hast du nicht?«

»Nein«, sagte Jon. »Ich weiß nichts mehr.«

Er brach in Tränen aus.

20

Sie waren wieder auf der Insel.

Hermansen war schon einmal dort gewesen, hatte sich die Gegend angesehen und mit den Menschen gesprochen. Jetzt wollte er, daß Jon ihm alles zeigte, alles mit ihm zusammen untersuchte, und er legte im Feld denselben Eifer an den Tag wie bei seinen Papierstapeln im provisorischen Büro. Sie stiegen auf den Berg und schauten in die Höhle, in der Lisas Kleider gefunden worden waren, sie besuchten das leere Haus, sie saßen eine Weile bei Karl in der Küche und tranken dünnen Kaffee. Rimstad fuhr sie mit dem Schneemobil zum Langevann, und dort konnten sie auf dem frischen, stahlblanken Eis umherwandern und über die Taucherarbeit sprechen, konnten sich mit dem Fernglas die Berge und den Stausee ansehen und alle Ereignisse ein weiteres Mal durchgehen.

Als sie zur Fabrik auf Nordøya kamen, ging Hermansen allein hinein.

Es war kalt, von Norden her senkte sich die Dämmerung, der Schnee lag wie feiner Staub auf den Fensterscheiben. Jon lauschte dem Autoradio und dachte an Elisabeth. Er hatte eine Telefonnummer bekommen, hatte sie aber noch nicht ausprobiert. Sie war ausgekniffen, um sich den

Anblick der Tragödie zu ersparen. Niemand glaubte ihm noch. Karl hatte ihn nicht einmal angesehen – und daran war nicht die Sache mit dem Schaf schuld gewesen. Margrete hatte in aller Eile Kaffee eingeschenkt und sich dann ins Nebenzimmer zurückgezogen. Rimstad hatte ein Grinsen gezeigt, von dem früher im ehrlichen Gesicht des Ingenieurs nicht die geringste Spur zu sehen gewesen war. Und Hermansen? Dem war Jons schlechtes Gedächtnis ärztlich bestätigt worden, aber er glaubte nicht an den Inhalt der Krankengeschichte, die hatte jemand abgefaßt, der zufällig hier am Ort sein Klinikum absolviert hatte; per Telefon konnte er in Erfahrung bringen, daß der Arzt nur Jons eigene Behauptungen notiert hatte, »soviel Vertrauen müssen wir schon zu unseren Patienten haben«, er hatte ihn als depressiv bezeichnet, weil er das nun einmal war, und er hatte Valium verschrieben, weil der Bezirksarzt das so ungefähr als Universalpräparat für die abgelegenen Gegenden austeilte.

»Wenn du mich anlügen kannst, dann kannst du auch einen Arzt anlügen«, war der kurze Kommentar des Polizisten. Warum ließ er ihn dann allein und unbewacht hier sitzen? Jon begriff das nicht.

»Überall ist Weihnachten«, sagte Hermansen, als er zurückkam. »Jede Menge Leckerbissen und Weihnachtsschmuck. Aber es stinkt trotzdem verfault.«

Der Polizist war jetzt viel weniger förmlich. Sein Schlips lag im Hotel, sein Bart wuchs, und er trug Anorak und Bergstiefel. »Ziemlicher Typ, was, dieser alte Fabrikbesitzer? Die eine Tochter führt ihm den Haushalt, oder nicht?«

»Ja.«

»Daß sie das aushält. Ich will den ganzen Betrieb sehen. Ist das da unten die Fischfabrik?«

»Ja«, sagte Jon. »Aber das ist verboten.«

»Das entscheiden wir, Jon, hast du das vergessen? Na, komm schon.«

»Nein«, sagte Jon. »Ich will nicht.«

Der Polizist war schon ausgestiegen, setzte sich nun aber wieder in den Wagen.

»Jetzt machst du mich neugierig«, sagte er herausfordernd. »Was soll ich denn nicht sehen?«

Jon konnte nicht sagen, daß er nicht wollte, daß ein lärmender Rüpel in seiner heiligen Vergangenheit herumtrampelte; er schwieg.

Sie stapften durch einen halben Meter hohen Schnee. Hier war seit Tagen nicht mehr geräumt worden, Boote und Anleger zogen sich tief verschneit an der tiefgrünen Meeresoberfläche hin. Das Tor zur Sälzerei war abgeschlossen, aber Jon konnte es mit der Messerklinge öffnen. Er folgte Hermansen durch den Raum, in dem die Fische ausgenommen wurden, und dann nach oben in die Böttcherei, durch Gerüche und Erinnerungen hindurch, bis sie dann an der Südöffnung standen und hinausschauten.

»Einfach schön«, sage der Neuankömmling.

Unter dem Schnee lagen nicht mehr verwendete Geräte; Fässer und verrostete Schüsseln, haufenweise Stangen, aus denen Fischtrockengestelle gebaut werden konnten, Fischreinigungstische und Leinensetzer. Die Mole und die flachen weißen Inseln lagen mit ihren schwarzen Fluträndern im Meer. Die Wolken ragten schwarz und nah wie Theaterkulissen vor ihnen auf und bildeten zusammen mit dem dünnen Schneeschleier die Wände einer gewaltigen Glasglocke. Langsam schwammen einige Eiderenten davon...

»Sie haben nicht einmal ein brauchbares Foto von ihr«, sagte Hermansen. »Kannst du das verstehen?«

»Sie haben welche. Sie haben sie dir nur nicht gezeigt.«
»Trotzdem. Es kommt mir so vor, als ob sie sie nicht sehen wollten, als sie noch gelebt hat, und als ob sie sie jetzt um jeden Preis vergessen wollten. Ich kann mir immer irgendein Bild vom Opfer machen, aber diesmal ist es mir ungewöhnlich schwergefallen.«
Jon gefiel diese poetische Abschweifung nicht, ebensowenig wie die leise, andächtige Stimme des Polizisten und sein brauner Blick in die Richtung, in die Touristen schauen, wenn es um das menschliche Schicksal im allgemeinen geht. Er wollte nicht hier sein.
»Es ist kalt«, sagte er, und seine Schultern bebten. »Gehen wir?«
»Nein, nein, wir gehen nicht.«
Hermansen ließ sich wirklich Zeit. »Diese Luke da, wozu dient die?«
Er sprach von einer kleineren Luke im Erker, der dem Land zugekehrt war und wo die Drähte zur Winsch hoch liefen, mit der früher die Dörrfischwagen zu den Trockengestellen hochgezogen worden waren. Er schob den Riegel beiseite und öffnete die Luke.
»Das muß doch das perfekte Versteck sein«, sagte er. »Von hier aus habt ihr ihren Vater beobachtet, nicht wahr?«
Jon hatte die Luke vergessen. Er schob den Polizisten beiseite und blickte in die Fenster des Wohnhauses oben am Hang. Durch die Vorhänge zeichnete sich ein Weihnachtsbaum ab, und einige undeutliche Gestalten, die eilig hin- und herliefen. Im ersten Stock konnte er sogar das Tapetenmuster erkennen – Lisas Kinderzimmer...
»Wer ist der Alte?« fragte neben ihm Hermansen.
»Der Böttcher.«
Der alte Mann zog einen Fischkasten auf den Gang und

schloß hinter sich die Tür ab, während Jon eine beschwerliche Erinnerungsschicht nach der anderen ablegte.

»Du bist noch nie besonders gesprächig gewesen, Jon, aber heute bist du mehr als nur stumm. Was macht dir denn so zu schaffen?«

»Nichts.«

»Du bist ja wie gelähmt. Erzähl mir von dem Boden hier oben, wozu die verschiedenen Geräte benutzt werden – dieses Messer da zum Beispiel?«

»Damit werden Heringe aufgeschnitten.«

»Und das da?«

»Ein Netzschwimmer. Früher sind auch manchmal Fässer dazu verwendet worden.«

Aber er war immer noch weit weg. Jetzt erhob sich Lisa drüben in ihrem Zimmer vom Sofa und machte das Zeichen für »Ich kann nicht kommen«.

»Gehen wir ein bißchen weiter«, sagte Hermansen.

Sie gingen nach unten zum Anleger und standen ein Weilchen im Schnee.

»Diese Lachszucht da hinten – die gehört wohl auch Sakkariassen, nehme ich an?«

»Nein, Lachszucht gefällt ihm nicht. Die gehört ein paar jungen Leuten.«

»Wann bist du zuletzt hier gewesen, Jon?«

»Vor einem Monat... oder zwei.«

»Und vorher?«

»Vor zweieinhalb Jahren.«

»Damals, als Lisa die Insel verlassen hat, nicht wahr?«

Jon nickte.

Der Polizist ließ dieses sensible Thema fallen und sprach über Arbeit und Alltagsleben. Jon erzählte widerwillig von Fanggemeinschaften und Einsalzprozessen, von geheimgehaltenen Gewürzmischungen, von Rogenplätzchen und

Dörrfisch, der mit dem Bauch nach Osten aufgehängt wurde; er redete ein bißchen von Wetter und Booten, von Hafenverhältnissen und dem Leben auf See, und dann standen sie wieder oben auf dem Boden.

»Was hattest du an, als du Lisa zum letzten Mal gesehen hast?«

Er wußte nicht mehr, wann er Lisa zum letzten Mal gesehen hatte – was seine Version der Dinge betraf, die er dem Polizisten geliefert hatte. Er sagte, er wisse es nicht mehr.

»Von deinen Kleidern fehlt so manches. Unter anderem ein Pullover, den Elisabeth als deinen Lieblingspullover bezeichnet hat. Du hast ihn immer angehabt, im Sommer, im Winter... Ehe er dann verschwunden ist.«

Jon konnte sich an den Pullover erinnern. Der war unbrauchbar, alt und zerrissen gewesen.

»Den hab ich weggeworfen«, sagte er.

Der Polizist nickte.

»Hatte Lisa – als du sie zuletzt gesehen hast – die Kleider an, die ihr beim Schafesuchen in der Höhle gefunden habt? Einen grünen Mantel mit hohem Kragen, einen grauen Pullover, einen selbstgestrickten blauschwarzgestreiften Wollschal, ein Kopftuch, eine Hose mit einem Loch am linken Knie, hatte sie eine Handtasche...«

»Ich weiß nicht mehr, wann ich sie zuletzt gesehen habe«, sagte Jon genervt.

»So hat sie auf dem Fest ausgesehen, an diesem Samstag.«

»Ach.«

»Aber als sie gefunden wurde, hatte sie das alles nicht mehr an. Da trug sie einen von Georgs Overalls und deinen alten Pullover. Kannst du das irgendwie erklären?«

»Nein.«

»Warum wollte sie nicht wieder in den Süden fahren?«

Jon drehte den Kopf und starrte den Polizisten an, als ob er plötzlich aufgewacht sei.

»Was weißt du davon?« fragte er – das war etwas, das Hermansen ganz einfach nicht wissen *konnte*.

»Es ist nicht so schwer, zu erraten, daß sie Heimweh hatte. Das haben sicher alle. Aber wozu konnte sie schon zurückkehren – zu dir?«

Keine Antwort.

»Nur zu dir?«

Immer noch keine Antwort.

»Du kannst auch jetzt gleich antworten, Jon. Nach mir kommen noch andere. Eine endlose Reihe.«

»Sollen sie doch. Ich habe nichts verbrochen.«

»Hast du sie gesehen, als sie zuletzt zu Hause war?«

»Das habe ich doch schon gesagt – *ich weiß es nicht mehr!*«

»Ihr Vater hat ihr verboten, sich mit dir zu treffen, nicht wahr?«

»Ja!« rief Jon. »Ja!« Laut, aber ruhig.

»Hast du viel an sie gedacht, als sie nicht hier war?«

»Immer!« Genauso ruhig. »Jeden Tag. Ich habe sie gesehen. Immer. Ich habe mit ihr gesprochen. Jeden Tag. Willst du das hören?«

Hermansen schlug hart mit dem Heringsmesser gegen die Wand, und sie schwiegen sehr lange. Jon überlegte sich, daß sogar Lichter und Gerüche verschwanden, das Lächeln des Polizisten lieferte viele gute Gründe, um sich zu fürchten. »Du bist clever«, sagte er. »Niemand kennt Lisa. Aber dich kennt wohl auch niemand, oder?«

In der Stille fiel eine Tür ins Schloß. Jon öffnete die Luke und sah Sakkariassen, der mit einer Schneeschaufel in der Hand auf den Hof kam und mit langsamen, zögernden Bewegungen einen Weg freilegte, wie ein stotterndes Kind, das gezwungen wird, laut aus einem unbegreiflichen Buch vorzulesen. Er hatte seine letzten Kräfte bei dem Versuch verbraucht, seiner Fabrik Wasser zu verschaffen, ungeheure Mengen von Wasser. Und seither waren ihm Fabrik und Wasser egal. Er näherte sich dem Meer wie Nils. Das Alter machte ihn jämmerlich und arm. Er brauchte Vergebung. Er schaufelt Schnee, dachte Jon, hier eine Schaufel, dort eine Schaufel, ohne System, ohne Rhythmus oder Kraft. Es war ein schwindelerregender Anblick, der alle seine Anstrengungen unterlief, eine Art Gerechtigkeit zustande zu bringen. Das Leben war nicht gerecht. Es fing an, man ertrug es, und es endete, das betraf Menschen ebenso wie Möwen.

Wenn er die Augen schloß, konnte er die Moore im Süden, in Richtung Langevann, sehen – in funkelndem Sommerlicht, mit dem still glühenden Staub im Heidekraut, den irrwitzigen Bergen, wo der Schnee nie ganz wegschmolz. Sein Land. Dort herrschten Ruhe und Sicherheit, die niemand zerstören konnte.

Er öffnete wieder die Augen und sah Hermansen an. Zum ersten Mal stellte er unaufgefordert eine Frage. Er wollte wissen, wie der Fabrikbesitzer auf den Besuch reagiert, was er gesagt hatte.

»Nicht viel«, sagte der Polizist unwillig, er stand dicht neben Jon und beobachtete zusammen mit ihm, wie sich oben beim Wohnhaus der Weg den Torpfosten näherte. »Aber es war wohl zu früh.«

»Wieso denn?«

»In meiner Branche ist man nicht immer umgänglich. Erst wenn die Leute anfangen, sich unwohl zu fühlen, können wir etwas in Erfahrung bringen. Ab und zu ist es schwer, solange zu warten.«

»Ja«, sagte Jon.

»Du weißt, worüber ich rede?«

Der Polizist stand so dicht neben ihm, daß Jon seinen Atem an seinem Ohr spüren konnte. Für einen kurzen Moment hatte er den Eindruck, daß er nicht nur sah, sondern daß er in den letzten Monaten auch gesehen worden war.

»Hast du dem Rektor die Briefe geschickt?« frage Hermansen.

»Nein.«

»Sie haben keine Fingerabdrücke, und die Kopfleiste ist abgeschnitten. Und doch ist klar, daß sie an dich gerichtet waren. Die einzige – außer dir –, die sie schicken konnte, war also Elisabeth, und die hat die Briefe nicht ein einziges Mal gesehen.«

»Sie lügt!«

Wieder Elisabeth. Dadurch wurde die Geschichte dieser Briefe noch dümmer, als dieser Fremde hier begreifen konnte.

»Wobei? Meinst du, daß sie die Briefe geschickt hat, oder...«

»Ich meine nichts. Das sind nicht meine Briefe.«

»Auch in dem Zimmer, das Lisa sich gemietet hatte, sind Briefe gefunden worden, auch welche von dir; aber keiner paßt zu denen, die der Rektor bekommen hat. Findest du das nicht ein wenig seltsam?«

Dazu konnte Jon nichts sagen.

»Wir haben Grund zu der Annahme, daß sie gestohlen wurden«, sagte Hermansen. »Hast du in letzter Zeit die Insel verlassen?«

»Nein.«

»Und dein Ausflug nach Kopenhagen?«

»Doch, ja, stimmt.«

»Was hast du da gemacht?«

Jon wußte nicht, was er dort gemacht hatte. Er war dort gewesen. Er wußte nur selten, warum er etwas tat; er tat, was er tun mußte, sein ganzes Leben war so, wie Wasser dort fließt, wo es fließt.

»Ich wollte Lisa suchen«, sagte er.

»Obwohl du wußtest, daß sie nicht dort war?«

»Ich wußte nicht, daß sie nicht dort war.«

»Was sie über ihren Vater schreibt, ist nicht besonders schön. Hat sie außer dir noch mit anderen Leuten von der Insel korrespondiert?«

»Keine Ahnung.«

Wieder lächelte Hermansen.

Auf der Rückfahrt hielt der Polizist beim Gebirgspaß und befahl Jon, aus dem Auto auszusteigen. Im Kofferraum lag ein Gewehr in einem gepolsterten Lederkoffer, eine kostbare Präzisionswaffe, wie Jon sie noch nie gesehen hatte, nicht mal in seinen Broschüren.

Er durfte die Waffe montieren und hielt sie voller Andacht in den Händen. Hermansen öffnete einen Eisenkasten mit Munition, er nahm einen Rahmen mit Zielscheiben aus dem Wagen, und für den Rest dieses blauen Wintertages lagen sie in den Schneewehen und schossen.

»Du schießt wie ein Gott«, sagte er, und mehr sagte er nicht, er lieferte auch keine Erklärung für dieses Intermezzo; es wirkte wie eine Pause in ihrer Beziehung, wie Schlaf. Jon konnte jedenfalls keinen Zusammenhang erkennen. Höchstens den, daß der Polizist ihn schießen sehen wollte. Aber dann erhielt er vielleicht doch noch eine Erklärung, denn als sie die Waffe einpackten, nickte Hermansen nachdenklich und murmelte, fast zu sich selber, daß ihm die neue Wand an Jons Haus aufgefallen sei.

»Du kannst einiges, Jon«, sagte er.

Aber Jon sagte, einiges sei übertrieben – schießen, ja, und ein wenig tischlern, aber sonst nichts.

Ein Schneepflug kam vorbei, gefolgt von einem Autokorso, und sie schlossen sich für die Fahrt nach Norden an. Der Schnee fiel jetzt dicht, und nachdem sie ein Erlenwäldchen passiert hatten und die weiten Felder im Inselinneren erreichten, ging es nicht mehr weiter. Ein Mann im Overall der Straßenwacht tauchte auf und sagte, sie müßten warten, ein Bus steckte in der Kurve fest. Hermansen schmunzelte und meinte, das erinnere ihn an Kanada, wo er als Kind mehrere Jahre verbracht hatte.

»Und wenn der Schneepflug jetzt zufällig nicht vorbeigekommen wäre?«

Jon wollte gerade sagen, daß Schneepflüge hier niemals *zufällig* vorbeikämen – sie fuhren im Rhythmus der Fährzeiten –, aber in diesem Moment sah er, wer im Wagen vor ihnen saß. Es war Hans, und neben ihm Marit, die Journalistin. Hermansen sah sie auch. Er nickte nur und trommelte auf dem Lenkrad herum.

»Die will sicher einen Artikel über diese Wassergeschichte schreiben«, sagte er. »Die Gemeinde scheint bankrott zu sein, und der Gemeinderat will beschließen, daß sie den Etat weit überzogen haben und aus Landesmitteln saniert werden müssen.«

Durch die gute Laune des Polizisten aus seiner Reserve gelockt, stellte Jon seine zweite Frage an diesem Tag.

»Glaubst du, er kann es gewesen sein?«

Hermansen lächelte noch breiter.

»Er ist ein Mann mit Ideen«, sagte er. »Er ist vor zehn Jahren hergekommen, um sie in die Tat umzusetzen. Aber in einer solchen Situation macht man manchmal merkwürdige Dinge. Was meinst du?«

»Lisa wollte Geld«, sagte Jon.
»Was sagst du da?«
»Sie wollte ihre Sachen holen und wieder auf die Insel ziehen. Aber ihr Vater hat ihr keine fünf Öre gegeben. Deshalb ist sie zu Hans gegangen.«
»Wann – an dem Tag, an dem sie verschwunden ist?«
»Ja.«
»Bist du sicher?«
»Äh... nein.«
»Aber du bist sicher, daß sie Hans um Geld gebeten hat?«
»Ja.«
Hermansen starrte vor sich hin und sagte: »Und Hans hat ihr natürlich keins gegeben. Deshalb ging sie auf dem Fest zu den Tauchern, zu Georg, mit dem sie auch einmal zusammengewesen war – und deshalb haben sie sich gestritten. Willst du das sagen?«
»Ja.«
»Und das hast du dir wirklich nicht aus den Fingern gesaugt?«
»Nein.«
»Aber warum hast du mir das nicht schon längst erzählt?«
Das konnte Jon nicht erklären, und Hermansen erwartete auch keine Erklärung. Er stand schon draußen im Schneegestöber, bei dem Auto vor ihnen, er klopfte an die Fensterscheibe und sprach mit Hans. Vier oder fünf Minuten. Marit steuerte auch eine kurze Bemerkung bei. Hermansen war rot im Gesicht, als er zurückkam.
»Laß mich mal ein wenig laut nachdenken, Jon«, sagte er. »Die Art, wie Lisa ermordet worden ist, sagt eigentlich sehr wenig über ihren Mörder aus. Sie wurde mit einem stumpfen Gegenstand erschlagen, einem Axtschaft, nehme

ich an – wir haben die Mordwaffe noch nicht gefunden –, aber das wird der Fall sein, sowie wir das Eis auf dem Langevann gesprengt haben... die meisten nehmen lieber den Schaft, denn wenn man mit der Klinge schlägt, öffnet man den Kopf, so...«, er fuhr sich mit dem Finger über seinen kahlen Schädel, »man schneidet ihn gewissermaßen auf, und dann sieht man, was man da für eine Sauerei anrichtet. Bei den meisten Mördern ist dieses Wissen selbst im alleräußersten Affekt noch vorhanden. Wofür hättest du dich entschieden, Jon, für Schaft oder Klinge?«

Jon sagte, er hätte sich für den Schaft entschieden.

Ja, für den Schaft.

»Es macht dir wohl nicht viel aus, darüber zu sprechen, oder?«

»Äh... doch.«

»Das ist dir aber nicht anzusehen?«

Jon gab keine Antwort.

»Machen wir weiter. Sagen wir, ich habe drei Motive, drei plausible Motive – und ungefähr ebenso viele Verdächtige. Und dann kommst du plötzlich mit einem weiteren Motiv, mit Geld ausgerechnet. Aber du hast doch Geld, Jon, oder nicht?«

»Nein.«

»Aber du hattest Geld, das hast du für die neue Wand ausgegeben. Warum ist Lisa also nicht zu dir gekommen?«

»Das weiß ich nicht.«

»An diesem Abend hast du mit Karl zusammen bei ihm zu Hause getrunken. Und auch dieses Gespräch ging um Geld. Bist du geldgierig?«

Karl war geldgierig. Und sie hatten sich an *diesem* Abend nicht über Geld gestritten.

Hermansen donnerte unverdrossen weiter.

»Lisa hat gewußt, daß du dir auf das kleinste Zeichen

von ihr den rechten Arm abgehackt hättest – und doch nervt sie zuerst ihren Vater und dann zwei ausrangierte Liebhaber? Was ist an diesem Abend bei Karl passiert?«

»Das weiß ich nicht mehr!«

»Aber daß ihr euch um Geld gestritten habt – das weißt du noch?«

»Weil ich noch weiß, *wann* wir uns um Geld gestritten haben. Das war später im Herbst, als er Kartoffeln ausgemacht hat.«

»Schön für dich, daß er sich an nichts erinnern kann, was?«

»Ja.«

Sie sahen sich an. »Nein«, sagte Jon. »Ich weiß es nicht mehr. Du machst alles kaputt.«

Hermansen sagte: »Lisa ist an diesem Abend zu Karl gekommen. Sie wußte, daß ihr beisammen saßt, weil du es ihr früher an diesem Tag erzählt hattest. Es gibt nämlich Zeugen dafür, daß ihr euch im letzten Sommer getroffen habt.«

»Stimmt nicht.«

»Woher willst du denn sonst von dem Geld wissen?«

»Sie hat mir geschrieben!«

»Ha!«

Nach einer Pause sprach der Polizist weiter.

»Ich habe gesagt, daß es mehrere Verdächtige gibt, von denen jeder ein plausibles Motiv hat. Aber es besteht auch die Möglichkeit, alle Motive einer einzigen Person zuzuschreiben – dir! Das erklärt dein paradoxes Verhalten der letzten Monate. Du vertuschst und versuchst gleichzeitig zu entlarven.«

»Ich verstehe nicht, was du meinst.«

»Tust du wohl. Was hast du zum Beispiel nachts unter Sakkariassens Fenster getrieben?«

Das war eine schwierige Frage. Und wenn der Polizist eine klare Antwort sah, dann lag für Jon alles im Nebel. Er überlegte sich vage, daß der Alte für alles das Interesse verloren hatte, für das neue Wasser und seinen Betrieb, und daß das nicht daran lag, daß er alt wurde wie Nils, sondern daran, daß er wußte, daß Lisa etwas passiert war. Vielleicht könnte Jon herausfinden, was er wußte, darüber hatten sie am Vortag gesprochen. Es war unmöglich, eine Antwort zu geben.

»Wer kann das bezeugen?« fragte er.

»Elisabeth.«

»Das ist nicht wahr.«

»Du mußt zuviel im Kopf behalten, Jon. Und dabei gerät dir alles durcheinander. Am Ende schlägt dann doch wieder alles auf dich zurück.«

»Ich habe nichts verbrochen.«

»Ich bin keine große Schwester. Ich bin auch kein wohlmeinender Lehrer und kein alkoholisierter Nachbar, dem du leid tust. Ich werde dir zusetzen, bis du platzt.«

»Jetzt passiert etwas«, sagte Jon. Er sprach vom Schneegestöber draußen. Der Mann im Overall tauchte wieder auf und gab die Straße frei. Sie konnten weiterfahren – vorsichtig.

21

Jon glaubte nicht an Gott. Er litt nicht an religiösen Anfechtungen, aber er fand den Herrn einfach unberechenbar. Jon glaubte an das, was schön war und was er sich wünschte. Elisabeth glaubte an die Liebe, Hans an die Politik und das neue Wasser. Woran glaubte Hermansen? Jon wußte es nicht – er kannte sich mit dieser Menschensorte nicht aus. Sie fügten verschiedene Stücke der Welt aneinander und waren vermutlich glücklich, wenn dabei ein verständliches Bild herauskam. Vielleicht ging es ihm um Gerechtigkeit, aber das war doch fast bei allen der Fall. Vielleicht haßte er jemanden, so wie Jon Sakkariassen haßte. Oder vielleicht machte Hermansen ganz einfach seine Arbeit.

»Hör dir das mal an«, sagte er und las zum zehnten Mal denselben Wetterbericht vor. »Zweiundfünfzig Millimeter Niederschlag, und du behauptest, die Sonne hätte geschienen?«

Sie waren wieder bei Samstag, dem siebenundzwanzigsten August, angelangt.

»Die Sonne *hat* geschienen«, sagte Jon.

»Elisabeth sagt, du hast zusammen mit Lisa gegen elf Uhr vormittags das Haus verlassen, und ihr wolltet zur Fabrik. Laut Sakkariassen ist sie um kurz nach drei dort eingetroffen – das ist doch ziemlich lang?«

Vier Stunden mit Lisa zusammen in der Natur – das war doch nichts?

»Bei *dem* Wetter?«

»Wieso denn?«

»Was habt ihr in diesen vier Stunden gemacht?«

Jon lachte.

»Ihr habt Pläne geschmiedet, nicht wahr?«

»Nein.«

»Ihr habt euch jedenfalls getrennt, ehe sie zu Hause angekommen ist, denn dort hat dich niemand gesehen. Sie hat gepackt, abends hat sie den Bus nach Süden genommen, angeblich, weil sie wegwollte. Statt dessen hat sie Hans aufgesucht und um Geld gebeten...«

Das mit dem Geld war eigentlich der springende Punkt. Der Polizist ging darauf ein oder auch nicht, ganz nach Lust und Laune, und Jon hatte nicht herausfinden können, was Hans im Schneegestöber da draußen auf der Insel gesagt hatte.

»Von dort ist sie zum Fest im Bürgerhaus gegangen, um mit Georg zu sprechen.«

Hier verließ Hermansen Lisa und wandte sich Jon zu.

Jon war nach dem langen Aufenthalt im Freien nach Hause gekommen, hatte mit Elisabeth zu Abend gegessen und war dann zu Karl gegangen, um ihm beim Schlachten eines Kalbs zu helfen, auch das ein springender Punkt, denn August war doch ein etwas früher Schlachttermin? Jon machte sich nicht die Mühe, darauf zu antworten, denn sicher war Hermansen von irgendwem bestätigt worden, daß sie am siebenundzwanzigsten August tatsächlich geschlachtet hatten. Danach hatten sie getrunken, und Margrete war ins Bürgerhaus gegangen, weil sie zum Festkomitee gehörte. Daß sie getrunken hatten, konnte Jon nicht beschwören, aber sie tranken immer nach dem Schlachten. Sie hatten sich gestritten, dann hatten sie weitergetrunken, die Stunden waren vergangen und hatten sich in Vergessenheit und Suff verloren.

Und Jon war nicht der einzige, der sich an diese fatale Nacht nicht erinnern konnte. Auch Elisabeth, Hans, Karl oder die Taucher konnten sich an nichts Interessantes erinnern – Hermansen murmelte sogar etwas von kollektivem Schuldgefühl und Verdrängen.

Jon dachte an das Telefongespräch, das er am Vorabend mit seiner Schwester geführt hatte. Sie befand sich in einer neuen leeren Wohnung, und ihre Stimme hatte gehallt, sie hatte versucht, die beschützende große Schwester zu sein und gleichzeitig ihre plötzliche Abreise zu entschuldigen. Und beides ging nicht.

»Ich habe dir ein Paket geschickt«, sagte sie, als das Gespräch ins Stocken geriet. »Hast du das schon bekommen?«

»Nein.«

In diesem Jahr hatte er nur ein Weihnachtsgeschenk erhalten, Turnschuhe von Hermansen, damit sie abends laufen und sich ein bißchen ablenken konnten.

»Dann kriegst du es sicher bald. Ach du, wie geht es dir denn eigentlich? Darfst du wirklich nichts erzählen?«

Dürfen hin oder her – er hatte nichts zu erzählen.

»Ja, steht er denn jetzt neben dir und paßt auf?«

»Das nicht gerade.«

»Er hat mir nichts erzählt, er hat nur eine Menge Fragen gestellt. Aber er ist ziemlich nett. Magst du ihn leiden?«

»Ja.«

»Er quält dich also nicht?«

»Nein.«

»Wie gut. Das ist doch sicher nur ein Verhör – du bist schließlich Zeuge, hat er gesagt.«

»Ja, das bin ich wohl.«

Sie erzählte von der neuen Schule, vom Möbelwagen, der im Weihnachtsverkehr festsaß und nicht weiterkam. Und dann rastete sie aus.

»Mein armer Junge.« Sie weinte hysterisch. »Was hast du da bloß angerichtet! Wir können so nicht weitermachen, Jon... jetzt jedenfalls nicht! Du mußt alles erzählen. Du mußt!«

Er begriff nicht, was sie meinte.

»Ich lüge nicht«, sagte er.

»Hast du denn nicht gesehen, was über dich in den Zeitungen steht? – Herrgott, das ist doch entsetzlich...«

Er wußte, daß etwas über ihn in der Zeitung gestanden hatte, aber Hermansen hatte ihm verboten, es zu lesen.

»Ich habe nichts verbrochen«, sagte er.

Sie konnte nicht mehr weiterreden, und das Gespräch löste sich in Tränen auf. Jon begriff, daß ein Teil seines Lebens für immer verloren war – auch das, was er hatte festhalten wollen. Er hatte es in den Gesichtern der Inselbewohner gesehen, hatte es aus Elisabeths Stimme herausgehört. Und er wußte es, als er seine Videos wiedersah. Hermansen hatte sie alle holen lassen, und sie saßen Stunde um Stunde vor dem Fernsehschirm und sahen die Einweihung des neuen Wassers durch Bürgermeister und Ingenieur, sahen Hans, der mit einem quengelnden Sohn auf den Schultern interviewt wurde, sahen Georg im Tauceranzug, sahen Marit und Elisabeth, Margrete, die sich auf der Vortreppe drehte, Lisas Beerdigung mit dem weinenden Sakkariassen, sahen eine ewige Serie mit gar nichts, nur mit der Wohnzimmerwand und Jon, der in einem Sessel vor der Kamera vor sich hindöste. Das alles war vorbei, lange her und lächerlich wie Liebeserklärungen in einem Poesiealbum aus der Schulzeit.

»Das war ja immer schlimmer«, blaffte Hermansen, er hatte bei so vielen Metern Videoband wohl die eine oder andere Pointe erwartet. »Warum hast du dir diese Kamera eigentlich gekauft?«
»Um mich besser erinnern zu können.«
»Ha, ha.«

Nur einmal konnte ein Bild das Interesse des Polizisten erwecken.
»Wer ist das?« rief er und hielt den Film an.
Es war Elisabeth, in Ölzeug, zu Hause auf dem Hof. Es goß in Strömen, eine Locke lugte unter der Kapuze hervor und klebte am Gummi, so war sie vor Hans und den großen Enttäuschungen gewesen, in Jons viel zu großem Ölzeug, an einem Tag, als er sie überreden konnte, mit aufs Meer hinauszufahren.
»Elisabeth.«
»Bist du sicher?«
»Wer sollte es denn sonst sein?«
»Ich weiß nicht. Lisa vielleicht?«
Er trat ganz dicht an den Bildschirm heran.
»Nein, das ist Elisabeth.«
»Wenn du meinst.«

Der Polizist fing an, Zeichen von Schwäche zu zeigen. Jedenfalls glaubte Jon, sie zu entdecken, vielleicht, weil seine eigene Angst für eine Weile verschwunden war.
Zwei Papierbögen lagen auf dem Tisch, mit großen Kreisen, die von einer Unzahl Punkten in verschiedenen Farben bedeckt waren. Diese Punkte bildeten einen unstrukturierten Brei, bis das Auge sie zusammenfügte und auf einem Blatt eine Zahl – 23 – und auf dem anderen einen Buchstaben – B – entdeckte. Jon war nicht farbenblind. Er ließ

sich auch nicht von den anderen Wahrnehmungstests verwirren, die mit ihm angestellt wurden.

»Wir nähern uns«, sagte Hermansen, aber überzeugend klang das nicht. Es gab immer seltener etwas Neues. Seine Papiere hatten Eselsohren, und seine Achselhöhlen stanken. In der ersten Zeit war er von Mitarbeitern umringt gewesen, die neue Papiere brachten oder mitteilten, daß im Nebenzimmer ein Telefongespräch auf ihn warte. Es waren kräftige junge Männer, die Jon auf seinen Spaziergängen durch die Stadt begleiteten und den Vorhang beiseite schoben, wenn er zu lange unter der Dusche stand. Jetzt waren mehrere von ihnen abgereist, und Jon hatte in der Hotelrezeption ein Gespräch belauscht, bei dem Hermansen den Kopf geschüttelt und seine Arbeit als Balanceakt bezeichnet hatte, ein Begriff, den er – Jon – nicht verstand.

Und das verwunderte ihn. Wenn alle davon überzeugt waren, daß er Lisa umgebracht hatte, warum wurde er dann nicht verurteilt und eingesperrt, wie sich das gehörte?

An einem Tag zwischen Weihnachten und Neujahr erhob sich der Polizist nach langem Schweigen und ging ins Badezimmer. Er duschte lange und kam in einem frischen Hemd zum Vorschein. Er zog seine Jacke an und band sich einen Schlips um. Auf dem Schreibtisch herrschte kein Chaos mehr. Die restlichen Papiere steckten in sorgfältig geordneten Mappen. Weder Kugelschreiber noch Schreibmaschine waren zu sehen, denn nun sollte weder geschrieben noch gelesen werden.

»Nachdem Lisa das Bürgerhaus verlassen hatte, ging sie zu Karl, wo ihr noch immer beim Schnaps saßt.«

»Schon möglich«, sagte Jon.

»Mach dich nicht lustig über mich, Jon.«

»Dann nicht.«

Sie waren das alles schon zahllose Male durchgegangen, und Jon hatte jedesmal dieselbe Antwort gegeben.

»Sie hat dir von ihren erfolglosen Unterredungen mit Hans und den Tauchern erzählt. Ihr seid zu dir nach Hause gegangen, um Pläne zu schmieden. Elisabeth war nicht da, und ihr hattet das Haus für euch. Später in der Nacht habt ihr das Haus verlassen und seid zum Langevann gegangen.« Er zögerte. »Daß ihre Kleider auf Nordøya unter dem Stein gefunden worden sind, bedeutet natürlich nur, daß du sie dort hingelegt hast – nicht, daß Lisa dort ermordet wurde. Ich nehme an, daß sie dich wieder betrogen hatte.«

Jon sagte – auch das eine ewige Wiederholung –, daß Lisa ihn nie betrogen habe. Und er sie nicht. Sie hatten Pech gehabt, waren dauernd von ihrer Umgebung unter Druck gesetzt worden. Aber sie hatten sich gegenseitig nie betrogen. Sie waren der rechte und der linke Arm desselben Leibes gewesen.

»Als ihr dort ankamt, brannte Licht in den Baracken, und deshalb wußtet ihr, daß die Taucher vom Fest zurückgekehrt waren. Lisa hat dich gebeten, draußen zu warten, während sie mit ihnen sprach. Du hast gewartet. Aber sie kam nicht wieder heraus. Du hattest ihre Betrügereien bisher ertragen, einmal, zweimal, was weiß ich, denn auf irgendeine Weise konnte sie dich immer um den Finger wickeln. Sie war clever, und sie war eine Frau.

Aber in dieser Nacht reichte es dir dann doch. Sie hatte dir eingeredet, daß sie auf die Insel zurückkommen wollte, zu dir. Und dann könntet ihr euren Traum in Erfüllung gehen lassen, eine ewige Kindheit, romantisch und ungestört, du mußtest nur noch Elisabeth aus dem Haus schaffen – habe ich recht?«

Diese letzten Vermutungen waren neu. Beim letzten Mal

hatte alles mit einem Streit mit den Tauchern geendet, bei dem Lisa durch ein Versehen ums Leben gekommen war.

Jon betrachtete sich von außen. Er errötete nicht bei dem, was er da hörte, sein Körper verspannte sich nicht. Seine Hände lagen ruhig auf den Armlehnen, seine Augen glänzten in selbstzufriedener Ruhe.

»Aber du hast vergessen, daß Lisa kein Kind mehr war, so wie du. Es war nicht mehr euer Traum, es war nur noch deiner – sie war draußen in der Welt gewesen, und ihre Träume waren abgeschliffen worden. Sie betrog dich ein weiteres Mal mit diesem blöden Taucher.«

Als Jon entdeckte, daß Hermansen das, was er machte, nicht gefiel, prustete er los. Der Polizist achtete nicht darauf, er wirkte sogar verlegen.

»Du hast gewartet, bis sie wieder zum Vorschein kam. Und du brauchtest sie nur anzusehen, um zu begreifen, daß das, woran du geglaubt und wovon du geträumt hast, einfach alberner Unfug war. Sie hatte alles zerstört, und nur, wenn du sie zerstören würdest, so wie sie jetzt war – konnten deine Träume und dein Glaube überleben.«

Er holte Luft und sprach weiter.

»Es ging dabei nicht um Geld. Das hat sie dir nur eingeredet. Sie wollte in dieser Nacht zum Langevann, weil sie Georg wollte, weil er sie abgewiesen hatte, und das konnte sie nicht ertragen. Dein Bild von ihr als reines, impulsives Kind ist ein Klischee, Jon. Sie hat dich mitgenommen, um Gesellschaft zu haben, nicht, um aus den Tauchern Geld herauszupressen, sie wollte unterwegs vielleicht ein bißchen Trost haben – es war langweilig, den langen Weg allein gehen zu müssen. Seit ihrer ersten Affäre mit Hans warst du für sie nur noch ein Clown.«

Wenn jemand auf dem Schulhof zu Jon nett gewesen war, hatte er sich sofort unsicher gefühlt und den Betreffenden so lange provoziert, bis der sagte, wie er wirklich über Jon dachte – nämlich, daß Jon keine Freundlichkeit verdiente, sondern Verachtung und Herablassung. Das war viel sicherer als die komplizierten Gefahren, die sich in einer Freundschaft verbargen. Hermansen brauchte er nicht zu provozieren.

»Es war ein Schock für dich, als du entdeckt hast, was du gemacht hattest. Du hattest das Gedächtnis verloren, und die Bruchstücke paßten einfach nicht zueinander. Aber sie tauchten trotzdem wieder auf, in verschiedenen Situationen, und du mußtest sie zu einem Muster zusammensetzen, mit dem du leben konntest. Du wolltest den Vater zum Mörder oder jedenfalls zum eigentlich Schuldigen an Lisas Zerstörung und damit auch an dem machen, was am Langevann passiert ist. Du hast dasselbe bei Hans versucht, als dir aufging, daß deine Geschichten keinen Sinn ergaben, und bei den Tauchern, und bei allen, die für dich die Schuldigen in Lisas Fall waren.«

Der Polizist verstummte. Jon sah den Schweiß auf seinem kahlen Schädel. Hermansens Augen waren nicht mehr ausgeglichen und zielgerichtet. Er schien zu leiden, ruhelos auf etwas zu warten, vermutlich auf eine Reaktion von Jon, die sie weiterbringen könnte. Jon zeigte überhaupt keine Reaktion.

»Ich war's nicht«, sagte er.

»Du willst mir keine Einzelheiten erzählen?«

»Ich bin nicht im Gefängnis. Wenn ich es gewesen wäre, dann wäre ich jetzt im Gefängnis.«

Hermansen faltete seine weißen Hände und senkte den Blick. »Ich habe dich wie einen normalen Menschen behandelt«, sagte er. »Obwohl das Dorf behauptet hat, du seist verrückt. Jetzt sehe ich, daß das falsch von mir war. Also fangen wir noch einmal von vorne an.«

22

Es war fünf Uhr morgens, alles lag in tiefem Schlaf. Der Hafen lag stumm unter dem Schnee, und Jon stand am Fenster und sah zu, wie ein Lieferwagen vor dem Hoteleingang hielt und wie Kästen mit frischgebackenem Brot als dampfende Stapel auf die Treppe gestellt wurden.

Vom einzigen Auto auf dem Parkplatz zog sich eine Fußspur zwischen den Lagerhäusern zum Hafenbecken hin. Seit er hier war, hatte er diese Spur an jedem Morgen im neuen Schnee gesehen, es war die Spur des Kapitäns, dessen Fähre die außen gelegenen Inseln anlief.

Er zog sich an und verließ das Zimmer. Niemand begegnete ihm auf dem Flur oder der Treppe. Er ging in die schneidende Kälte hinaus, folgte den Fußspuren zum Anleger und ging an Bord der Fähre.

Dort versteckte er sich zwei fröstelnde Stunden unter dem Verdeck und konnte schließlich, an allen Gliedern starrgefroren, auf der Insel an Land kriechen.

Die Straße war wieder zugeschneit. Alles war zugeschneit. Es war eine Gesellschaft, die Winterschlaf hielt.

Das Haus sah aus wie eine ausgeblasene Schale, mit nackten Wänden und schwarzen Fensterflächen, kalt und durchsucht, als solle ein schwerwiegendes Verbrechen vertuscht werden. Nur sein Sessel stand noch auf den teppichlosen Bodenbrettern – das alte, verschlissene Wrack aus den Glanzzeiten seines Vaters als Chef der Fanggemeinde.

Er legte Holz und Kohle in beide Öfen und machte Feuer. Er leerte im Keller das Faß mit dem Heizöl aus und bespritzte in Wohnzimmer und Küche Boden und Wände mit Öl. Dann setzte er sich mit Streichhölzern in der Hand in den Sessel. Er war heimgekehrt, um reinen Tisch zu machen.

Aber es kam ihm natürlich vor, noch etwas zu warten. Er brauchte keine dringlichen Gedanken zu Ende zu denken, nichts zu gestehen oder mit sich selber abzumachen. Es war nur natürlich, noch etwas zu warten.

Er wurde von Geräuschen draußen auf dem Hof geweckt, von stampfenden Schritten, davon, daß jemand seinen Namen rief. Es war hell, und ihm ging auf, daß er eine ganze Weile geschlafen haben mußte.

Hermansen kam herein. Mit tiefem und unwirklichem Blick, wie bei ihrer ersten Begegnung, ein Fremder, der den Ölgeruch schnupperte und nichts sagte. Er trug einen langen hellen Mantel, war barhäuptig. Schnee klebte an seinen Hosenbeinen. Schmelzwasser und Heizöl gluckstem, als er durch die Küche ging.

»Die Straße war zugeschneit«, sagte er gleichgültig und setzte sich in der trockensten Ecke auf den Boden, aber trotzdem saugten sich seine Mantelschöße mit Öl und Wasser voll. Er sah es, kümmerte sich aber nicht weiter darum.

Jon schüttelte ungeduldig seine Streichholzschachtel.

»Ich will Feuer machen«, sagte er. »Du mußt gehen.«

»Und du?« fragte der Polizist. »Gehst du auch?«

»Nein.«

»Dann gehe ich auch nicht.«

Jon lachte. Ihm kam dieser Heldenmut so sinnlos vor wie der Rest der Welt, den dieses fleißige Eichhörnchen gesammelt und mit seinem logischen Verstand verwirrt hatte. Er glaubte ihm nicht. Er hatte in der ganzen Zeit, seit sie sich kannten, nicht ein einziges wahres Wort gesagt. Alles, was er wollte, war, Jon dazu zu bewegen, daß er ein Verbrechen gestand, das er nicht begangen hatte. Er hatte ihn als Voyeur und krankhaften Spanner bezeichnet, hatte ihm nach dem Munde geredet, war abwechselnd freundlich und bedrohlich gewesen. Jetzt war das Haus zweifellos von Polizei umringt, und zweifellos verbarg sich hinter Hermansens beherrschter Oberfläche eine tiefe Angst. Sie saßen in einer Bombe.

»Ich mache Feuer!« rief er. »Und dabei kommst du um!«

»Du hast stundenlang Zeit gehabt«, sagte der Polizist. »Du hättest schon längst Feuer machen können.«

Jon öffnete die Streichholzschachtel, riß ein Streichholz an und ließ es auf den Boden fallen. Es erlosch. Er riß noch eins an. Auch das erlosch. Er riß ein Stück Tapete von der Wand und zündete es an.

Hermansen sprang auf. Seine Selbstsicherheit war dahin.

»Halt!« sagte Jon voller Verachtung, er hielt in der einen Hand den Tapetenfetzen und in der anderen die Streichhölzer. Nichts stinkt so sehr wie verlorene Macht. »Setzen!« brüllte er.

Der Polizist ließ sich wieder auf den Boden gleiten, langsam und angespannt und weiß um die Falten an Stirn und Schläfen, er kniete da wie ein Sprinter in den Startlöchern.

»Warum hatte sie wohl den Overall an?« rief Jon. »Und meinen Pullover?«

»Bei diesem Fall gibt es viele Fragen, auf die nur du die

Antwort weißt, Jon«, sagte Hermansen. »Aber deshalb bist du noch lange nicht unschuldig.«

Jon schnaubte. Er hatte schon früher Gesetzesbrüche gestanden und sein ganzes Leben ins Chaos gestürzt. Nie gab es einen Zusammenhang zwischen Verbrechen und Strafe. Denn wenn er etwas tat, ob verboten oder erlaubt, dann wollte er damit immer etwas Schiefes geraderücken, wollte sich verteidigen oder einen Mangel wettmachen. Er war kein böser Mensch, wollte nichts zerstören.

»Ihr habt nicht einmal etwas, womit ihr zuschlagen könnt«, sagte er verächtlich.

»Deshalb habe ich dich laufen lassen«, sagte Hermansen, und Jon glaubte zu spüren, daß sein Selbstvertrauen zurückkehrte. »Ohne Mordwaffe können wir nicht viel machen.«

Jon lachte. Neue Lügen. Und neue Tricks.

In diesem Moment hatten die Flammen seine Finger erreicht, und er schüttelte den Tapetenfetzen fieberhaft. Sofort stand Hermansen über ihm.

»Nicht schlagen!« winselte Jon jämmerlich und krümmte sich zusammen. Der Polizist ließ in letzter Sekunde seine Faust sinken, wütend und erleichtert zugleich, er riß nur die Streichhölzer an sich und öffnete die Streichholzschachtel...

Und Jon schlug zu.

Mit aller Kraft und mit seinem ganzen Gewicht schlug er in das unvorbereitete Gesicht, mitten ins Zentrum der Erleichterung. Der Polizist ging krachend zu Boden, und als er wieder zur Besinnung kam, hatte Jon ihn schon längst mit Fußtritten in die Ecke befördert, hatte sich die Streichhölzer gesichert und ein neues Stück Tapete angezündet, diesmal ein um einiges größeres. Hermansen konnte gerade noch murmeln: »Ich werde offenbar alt.«

Er wischte sich Blut von Gesicht und Hals. Er atmete keuchend und redete deshalb abgehackt. »Nein, ich weiß nicht, warum sie den Overall und deinen Pullover anhatte, aber ich kann ja versuchen, es zu erraten.

Vielleicht ist sie an diesem Abend doch nicht zu Karl gekommen, sondern gleich zum Langevann gegangen. Es hat die ganze Nacht gegossen, und sie war pudelnaß, als sie dort ankam. Sie hängte ihre Kleider in der Baracke zum Trocknen auf und lieh sich von Georg einen Overall. Du hast Karl verlassen und bist ins Bürgerhaus gegangen, um sie zu suchen – ihr hattet doch verabredet, den Tauchern Geld abzuluchsen. Als du sie dort nicht finden konntest, wußtest du, daß sie zum Langevann gegangen war. Du gingst hinterher, fandest sie in der Baracke – dich hatte sie ja nicht gerade erwartet –, und ihr kamt ins Gespräch. Sie fror, und du gabst ihr deinen Pullover.«

Jon fragte: »Warum hast du mich laufen lassen?«

»Ich dachte, hier draußen würdest du...«

Das Sprechen tat ihm weh. Jon lachte.

»Du hast gedacht, ich würde gestehen?«

»Nein. Das nicht. Aber... vielleicht würde etwas passieren.«

»Was denn?«

Der Polizist gab keine Antwort.

»Du glaubst, ich wäre lieb«, sagte Jon höhnisch. »Du bist genau wie Elisabeth und Hans und alle anderen. Du kapierst nichts. *Sie hatte den Overall an, weil sie nicht nackt sein sollte!*«

»Nackt?«

»Nackt, ja.«

»Deshalb hast du sie angezogen, ehe du sie im See versenkt hast?«

Darauf gab Jon keine Antwort. Er hatte Lisa nicht umgebracht – das waren alle anderen gewesen, er hatte sie vor Mißbrauch und Schande beschützt. Einen kleinen Moment verspürte er Lust, den Verstand dieses unwissenden Polizisten geradezurücken, ihm die eigentliche Wahrheit vor Augen zu halten und sein albernes Selbstvertrauen zu brechen. Aber er war mit seinen Erklärungen noch nie weit gekommen, und er war weder Aufrührer noch Pädagoge. Er wollte nur nicht, daß alle Lisa nackt sahen. So einfach war das. Und doch für diesen aufgeklärten Trottel komplett unbegreiflich.

»War das denn so wichtig?« fragte der Mann. »Wichtiger als das Leben?«

Das Leben? Das war vielleicht früher einmal schön gewesen, aber jetzt war es nur noch Schrott. Alles verschwand doch – Kindheit und Sommer, die Mutter, Elisabeth, sein Zuhause... alles lief ihm unaufhaltsam durch die Finger, egal, was er auch unternahm, um es festzuhalten. Was beim Langevann geschehen war, war nur eine jämmerliche Rettungsaktion gewesen, er hatte das einzige beschützt, was nicht sterben konnte.

»Die Taucher hatten also gar nichts damit zu tun?« fragte Hermansen. »Georg hat die Wahrheit gesagt, als er behauptet hat, sie auf dem Fest zuletzt gesehen zu haben?«

Darüber wußte Jon nichts. Und der Polizist schien verwirrt zu sein. Er schüttelte den Kopf, fing einen neuen Satz an, gab aber sofort wieder auf, vielleicht, weil sein Mund ihm weh tat.

Er erhob sich und ließ seine Hände schlaff aus den weiten Ärmeln hängen, um zu signalisieren, daß von seiner Seite keine weiteren Angriffe mehr erfolgen würden.

»Geh«, sagte Jon.

»Und du? Was wirst du machen?«

Er würde gar nichts machen.

»Ich will hier sein«, sagte er. »Das ist alles.«

Sie hörten den Ostwind trockenen Schnee gegen die Fenster werfen. Hermansen fuhr sich ratlos über den kahlen Schädel, stapfte ein wenig in den Öllachen herum und ging noch immer nicht.

»Du machst doch kein Feuer?« fragte er. »Du...«

Mit einem kalten Lachen brachte Jon ihn zum Verstummen.

»Nein«, sagte er. »Ich will nur allein sein.«

»Und du erzählst mir, was passiert ist?«

»Nachher.«

Er holte Luft. »Vor dem Haus sind Leute. Sag ihnen, sie sollen mit dir zusammen gehen.«

Er wich in die feuchteste Ecke zurück, in sicherer Entfernung von den Fenstern und dem unberechenbaren Mann. Das Tapetenstück war verbrannt. Er riß noch eins ab und steckte es an.

»Geh«, sagte er noch einmal.

Hermansen zögerte. Er senkte den Blick, sah Jon an, faßte einen Entschluß und ging.

Jon wartete, bis die Schritte den Windfang erreicht hatten und die Haustür ins Schloß fiel. Dann schloß er die Wohnzimmertür und drehte den Schlüssel um. Draußen sah er Hermansens hellen Rücken, sah ihn langsam und zögernd zum Birkenwald hinübergehen. Er hatte den Kopf eingezogen und den ölverschmierten Mantel zum Schutz gegen den beißenden Wind fest geschlossen. Auch jetzt war er kein alter Mann auf dem Heimweg, sondern der alte unverbesserliche Optimist.

Er dachte an Lisa und schaute seine Handflächen an. Die zitterten nicht. Er ließ den Tapetenfetzen fallen und sah die Flammen wie blaues Wasser zu den Wänden hinwogen und wie gewaltige gelbe Windstöße die Decke erreichen.

Er wußte, was passieren würde, wenn er jetzt in die Küche ginge und eine Jacke anzöge, wenn er sich eine Mütze über seine nach allen Seiten abstehenden Haare stülpte und in Kälte und Wind hinauswanderte. Er würde gewissenhaft hinter sich abschließen, und dann würden Hermansen und die anderen Männer, die gerade in dem vergeblichen Versuch, ihn aus dem Haus zu holen, an die Wände hämmerten und die Fensterscheiben einschlugen, sich um ihn kümmern. Hermansen würde auf die Knie fallen und seine brennende Hose mit Schnee einreiben. Und über Hermansens breitem, ölverschmiertem Rücken würde er sehen, wie sich sein Elternhaus mit Flammen füllte, die auf den ersten Stock übergriffen, auf den Dachboden, und die endlich durch das Dach loderten, um sich mit den rauchenden Windstößen zu vermischen.

Zwischen den Birkenstämmen würde er das türkisblaue Meer sehen, die vertäuten Fischkutter und vielleicht einen Küstenfrachter, der gerade anlegte.

Ich friere, würde er denken, ich friere.

Aus Freude am Lesen

Einar Kárason

Einar Kárason lebt in seiner isländischen Geburtsstadt Reykjavik. »Die Teufelsinsel« ist der erste Band einer hochgelobten Trilogie, die ihn auf Anhieb zum meistgelesenen Erzähler seines Landes und zum würdigen Nachfolger von Halldor Laxness machte.

Roman
300 Seiten
btb 72142

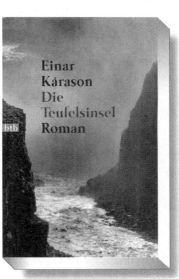

Dicht unter dem Polarkreis treibt die Anarchie üppige Blüten. Statt Selbstmitleid und Resignation herrschen trotzige Ironie, brutale Lebensfreude und bedenkenlose Liebe. »Wie ein Geysir läßt Einar Kárason seine burlesken Geschichten aus dem Leben einer isländischen Großfamilie sprudeln.«
Der Spiegel